Geniale Querköpfe

moses.

Christof Gießler / Hubert Warter

Geniale Querköpfe

Träumer, Schulschwänzer und Genies – über Albert Einstein, Jules Verne und 15 weitere eigensinnige Persönlichkeiten

moses.

INHALT

Über dieses Buch

Es gibt ja jede Menge berühmter Leute und darüber gibt es jede Menge Bücher.

Aber Berühmtsein allein, das sagt nicht viel, es kommt schon darauf an, warum oder wofür man berühmt ist. Eigentlich will jeder berühmt sein. Alle sagen dann: „Schau, da kommt der oder die soundso“, dann werfen sie verstohlene Blicke und tuscheln hinter dem Rücken. Alle sind freundlich und viele wollen ein Autogramm. Manchmal wollen so viele ein Autogramm, dass es den berühmten Leuten auf den Wecker geht. Dann klagen sie, aber in Wahrheit finden sie es immer noch sehr schick, berühmt zu sein. Es schmeichelt halt. Wer möchte da nicht berühmt sein?

Das Dumme am Berühmtsein ist eigentlich nur, dass man es nicht in der Hand hat. Man kann vielleicht ein paar Fremdsprachen lernen oder einen brummeligen Trommelwirbel oder wie man hübsch hochnäsig in die Kamera blinzelt, man kann auch das Verhältnis von Zeit und Raum erforschen, berühmt ist man damit noch lange nicht. Oder andersrum: die Leute, die berühmt geworden sind, haben sich gar nicht um das Berühmtwerden gekümmert, sondern „nur“ um Aerodynamik, Schmetterlinge, Gespenstergeschichten oder Physik.

Das haben sie dann aber auch recht nachdrücklich gemacht, geradezu versessen. Dickköpfig, stur, immer ein wenig unzufrieden mit dem Erreichten und glücklich, wenn etwas klappt, was sonst keinen auf der Welt interessiert. Echte Querköpfe, denen es nicht um das Berühmtwerden geht, sondern um kleine große Dinge, die sie sich in den Kopf gesetzt haben.

Um diese Querköpfe geht es in diesem Buch. Und was in so einem Kopf vorgeht, was da stutzig macht und neugierig, was einen packt, fasziniert und Spaß und Freude bringt. Es geht ums Boxen, Autofahren, um Wasserfälle, Plüschtiere, Romane, Computer und tausend andere Dinge, das Buch ist voll davon.

Nur um eines geht's nicht: um das Berühmt*werden*. Das kann ja irgendwo und irgendwann mal bei rauskommen – auch davon erzählt das Buch –, aber es zählt nicht. Das ist Zufall, das ist Glück, ist nicht wichtig. Aber dass man bei der Sache bleibt, ist wichtig; dass man weiß, was man will. Das ist fast schon – genial.

Muhammad Ali alias Cassius Clay, am 17. Januar 1942 in Louisville, USA, geboren, ist der größte und beste Boxer aller Zeiten, der bei 61 Kämpfen nur 5-mal verloren hat.

Schwarzweiß

Wie Muhammad Ali seine Wut in zwei Boxhandschuhe steckt und der Größte wird.

Wie man sich als Schwarzer in Amerika aufzuführen hatte, war in den großen Städten des Nordens ein wenig in Vergessenheit geraten. Deshalb war Emmetts Mutter nervös. Die Sommerferien standen vor der Tür und die verbrachte Emmett gewöhnlich bei Onkel Mose in Mississippi. Wieder und wieder schärfte Ma Till ihrem Emmett ein, wie brave Neger sich im Süden der Staaten zu verhalten hatten und was sie sagen mussten: „Yassuh" und „Nassuh", Yes, Sir! und No, Sir! Ja, mein Herr, nein, mein Herr, brav sein, danke, nicht auffallen. Emmett fährt in die Ferien, quatscht eine weiße Kassiererin an und sagt zum Schluss: „Tschüss, Baby". Das langt. Emmett wird noch in derselben Nacht vom Ehemann der Kassiererin und dessen Bruder ermordet. Vor Gericht werden die beiden von der weißen Jury freigesprochen.

Die Empörung war groß, besonders bei den Schwarzen. Der alte Clay liest das alles seinem Sohn vor, zeigt ihm die Bilder des Ermordeten in der Zeitung. Emmett war gerade mal ein Jahr älter als Cassius, der kleine 13-jährige Cassius Clay, der mit der großen Klappe, den sie alle so gern mögen, dem sie zuhören, die Kids aus der Nachbarschaft, wenn er auf der Terrasse seine großen Reden schwingt, Gee Gee, wie ihn seine Mom nennt, der er zwei Zähne ausgeschlagen hat, unabsichtlich, als er gerade mal ein halbes Jahr alt war, hat sich gereckt, Pech, kann passieren. Weil er so zappelig ist, dauernd plappert und plappert und im Mittelpunkt stehen will, bis er schließlich dort steht.

Dann wird das Fahrrad gestohlen. Ein rotweißes, nigelnagelneues Schwinn für 60 Dollar, das war damals – 1954 – eine Menge Geld. Gee Gee radelt mit seinem Kumpel zu einem Basar, der jedes Jahr vor dem Louisville Service Club veranstaltet wird und es gibt Popcorn und Eis umsonst. Sie

stellen ihre Räder ab und wie sie wieder zurückkommen, ist das rotweiße Schwinn verschwunden. Gee Gee ist fassungslos, aufgelöst, rasend. Empörung, Trauer, Wut und Zorn. Er schreit. Tränen, Verzweiflung. Im Keller des Clubs ist ein Polizist. Gee Gee läuft runter, fordert eine landesweite Fahndung, den Fahrraddieb wird er windelweich prügeln. Der Polizist hört sich das an. Wartet, bis Cassius fertig ist. „Weißt du überhaupt, wie man das macht, jemanden verprügeln?", fragt er. Cassius ist das egal, er wird den Schuft auch so alle machen. Der Polizist meint, es wäre besser, etwas vom Boxen zu verstehen, bevor man loslegt. Der Polizist heißt Joe Martin. Er leitet das kleine Boxzentrum im Keller, er wird Cassius Clays erster Trainer.

Ein schwarzer Youngster – wie zum Beispiel Cassius in Kentucky – hat nicht viel Auswahl. Die Welt ist geteilt in einen schwarzen Bezirk und einen weißen. Es gibt eine Einkaufsstraße für Schwarze – die Walnut Street zwischen der Fünften und Zehnten Straße. In den Kinos gibt es

Plätze für die Schwarzen im zweiten Rang, Schulen und Hotels sind nach Rassen getrennt, und es gibt – ja, so hat man das wirklich genannt: einen „Negerpark" mit – „Negerparkpolizei". Die schönen edlen Restaurants, die Geschäfte und Villenviertel und Clubs kennen die Schwarzen nur als Köche, Diener oder weil sie dort putzen. Das sind dann auch schon die Berufsaussichten für die Schwarzen oder sie können gleich an der Straßenecke rumlungern. Oder Boxer werden. Für Cassius war die Sache klar.

Cassius trainiert hart. Joe Martin organisiert den ersten Fight. Cassius gewinnt gerade mal nach Punkten. Aber er hat eine Botschaft und verkündet sie jedem, der es wissen will, und denen, die es nicht wissen wollen, umso eindringlicher: Einmal wird er der Champion der Welt, der Größte. Er wird sie alle schlagen. Dafür muss hart gearbeitet werden. Täglich. Disziplin, Training, Laufen, Kämpfen, Kämpfen, Laufen, jeden Tag. Keine Cola, keine Zigaretten, kein Alkohol. Morgens einen Liter Milch mit zwei Eiern und immer Wasser mit Knoblauch trinken. Aber alles lässig, alles cool und eine große Klappe: Ich werde Weltmeister, ich werde der Größte, ich bin der Größte. Frech! Unverschämt, aber: Man kann ihm nicht böse sein. Aber er nervt. Nervt seine Gegner, entwickelt Stil, obwohl: Den hat er schon lange. Tänzelt, ist schnell, aufmerksam. Lauert. Macht seine Gegner mürbe. Geht zurück, weicht den Schlägen aus, ist cool, mutig. Wird immer besser. Nervt vor allem die Boxprofis: Der hüpft zu viel herum, macht alles falsch, hält die Hände zu tief, hat keinen Punch, kein Talent, nur ein großes Mundwerk.

Von wegen.

Am 5. September 1960 gewinnt Cassius Clay in Rom die olympische Goldmedaille im Halbschwergewicht. Cool. Lässig. Läuft durch das olympische Dorf mit der Medaille um den Hals. Ist stolz wie Oskar, quatscht dauernd jeden an. Alle mögen ihn. Fliegt nach Hause, nach Louisville, Kentucky. Großer Empfang, alle lieben ihn. Einen richtigen Empfang beim Bürgermeister gibt's aber nicht – Terminschwierigkeiten. Cassius läuft am Abend rum, geht an eine Imbissbude, will einen Orangensaft und hört dann: „Sie werden hier nicht bedient". Aufgeregte Einwände: „Das ist der Olympiasieger!" Und die Imbissbude: „Das ist mir scheißegal!" Amerika ist schwarz und weiß, 1960. Und Cassius dichtet: „Amerika muss ganz groß werden, das ist mein Ziel, dafür hab ich den Russen geschlagen und den Polen und für Amerika hol ich die Goldmedaille ..."

Dann wird er Profi.

Es gab einen legendären Kampf. Cassius Clay gegen Sonny Liston. Sonny Liston war Weltmeister. Unschlagbar. Ein Tier. Ein Schlag wie ein Megamonster, eine Urgewalt. Hatte keinen Gegner mehr, keinen mehr ernst genommen. Clay hat ihn nervös gemacht, beschimpft, hat Show gemacht, ist durchgeknallt, bis alle gedacht haben, das ist ein Irrer, dieser Clay. Dann hat er Sonny fertig gemacht, in sieben Runden. Weltmeister. „Nehmt das zurück!" – hat er die Journalisten, die ihm keine Chance gegeben hatten, angeschrien. „Fresst eure Worte, ich bin der Größte, ich bin der Champ!" Dann nennt er sich Muhammad Ali und wird der größte Boxer aller Zeiten.

Ali boxt nicht mehr. Hat seinen Frieden gemacht mit sich und der Welt, ist wackelig und krank. Boxer müssen einstecken, auch Ali musste das, gegen Ende seiner Laufbahn immer mehr. Ob die Schläge oder die Parkinson-Krankheit ihn zerstört haben, macht für ihn jetzt keinen Unterschied mehr. Wer Parkinson hat, zittert und das Reden fällt mit der Zeit immer schwerer. Die große Klappe ist still geworden, sitzt auf der Veranda und blinzelt in die Sonne. Hat Familie und ist glücklich.

Und weiß: Er ist der Größte.

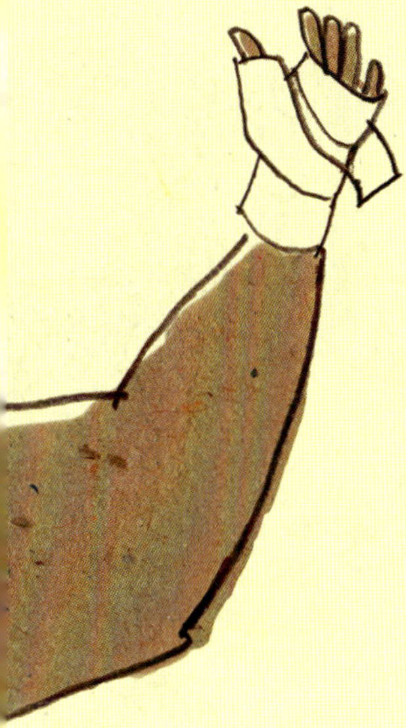

Gérard Xavier Depardieu, geboren am 27. Dezember 1948 in Châteauroux, Frankreich, ist mit seinem Waschbärbauch und dem Charakterkopf einer der berühmtesten und erfolgreichsten Schauspieler der Gegenwart.

Sprachlos

Wie Gérard Depardieu als schräger Vogel über Dinge reden lernt.

Frankreich ist zweigeteilt: in Paris und in den Rest. Paris ist alles. Der Rest ist nichts, das kann auch schön sein. Wenn man zum Beispiel Ruhe sucht, dann ist ein Nichts schön. Aber zum Leben oder wenn man in die Schule geht – tja.

Chateauroux ist so ein graues Nichts, irgendwo in der Mitte von Frankreich, 250 Kilometer südlich von Paris. Dort ist Gérard geboren und aufgewachsen, zur Schule gegangen – wenn er denn hinging. Sein Vater, ein arm gewordener Bauer, ist in die Stadt gezogen, eben nach Chateauroux. Blechschweißer geworden – aber irgendwie Bauer geblieben, schweißt nicht bei Vollmond. Die Mutter kümmert sich eigentlich immer nur um die kleinen Geschwister und Gérard ist eigentlich immer nur alleine – es wird nicht viel geredet …

Gérard spricht mit den Bäumen. Hängt rum. Klaut mal ein Mofa und auch sonst weiß keiner, was er so treibt, die Polizei bringt ihn nach Hause, dann und wann. Er soll in die Besserungsanstalt, aber der Vater unterschreibt das nicht.

Mit zwölf ist Gérard groß. Er ist immer größer als die anderen und sie dürfen nicht mit ihm spielen – schlechter Einfluss! Macht nichts, Gérard hat andere Freunde: GIs, die amerikanischen Soldaten.

Der Krieg ist vorbei, Deutschland besiegt und die Amerikaner sitzen in (fast) ganz Europa. In Chateauroux haben sie eine Luftwaffenbasis, Geschäfte, die billigen Whiskey an die Soldaten verkaufen, Straßenkreuzer mit abnehmbarem Verdeck, und am Wochenende kommen die

Mädels, die flirten mit den Soldaten und auch mal mit Gérard. Alles läuft prima! Gérard kauft Whiskey mit den Bezugsscheinen der Soldaten, verkauft ihn teuer weiter und teilt den Gewinn mit den Soldaten. Die Soldaten mögen ihn, er ist ein *voyou*, ein Rowdy, ein Taugenichts, ein Gauner und Angeber. Knackt Autos und hat dauernd irgendwo Zoff. Das macht Eindruck auf die, die saufen, aber: So kann er sich selbst das Saufen sparen und die Schule fertig machen, die Hauptschule. Später lässt sich das alles ganz toll erzählen: die arme Jugend, nichts gelernt und was wir alles gemacht haben … Na, so wild wird's nicht gewesen sein, aber – weiter!

Die Schule ist vorbei und für die höhere ist kein Geld da. Und keine Lust. Gérard jobbt in einer Druckerei. Träumt neben der Druckmaschine. Träumt vom Meer. Fährt ans Meer, wird Bootsjunge auf einem Dampfer im Golf von Biskaya, später Strandjunge, stellt für die Reichen und Berühmten Liegestühle auf und Sonnenschirme. Gut sieht er aus, das Haar vom Salz und der Sonne gebleicht, braungebrannt, ein Riesenkerl mit Riesennase und – dem richtigen Riecher: Trifft am Bahnhof seinen alten Freund Pilorgé, den Schauspieler, und fährt gleich mit nach Paris. Dort hat Pilorgé eine kleine Wohnung, Gérard kann dort erstmal übernachten und macht eine interessante Erfahrung: Es gibt Menschen, die reden.

Einfach so – reden. Reden über Dinge, am helllichten Tag: das Studium, Gedanken, Gedichte und was sie tun wollen. Gérard ist vollkommen überrascht, kennt das nicht, kommt aus einer sprachlosen Welt, in der nicht geredet wurde, einer dumpfen Welt ohne Gefühl und Überlegung, ohne Wissen und Wärme. Kann selber nicht sprechen, alles sprudelt aus ihm raus und bleibt dann halbfertig stehen. Kein Satz zu Ende gedacht und kein Zusammenhang, die Sprache verloren. Er geht mit zum Schauspielunterricht, liebt sofort das kostümierte Gegacker, versteht's nicht, ist halt Theater! Und das Kino, die Helden mit den Colts und ein tiefer Blick in die Augen: Goodbye, Darling. Gérard ist wie ein kleines Monster, wie vom anderen Stern, aber Filmer sind schräge Vögel, und je schräger desto besser, da kommt so ein ungehobelter Klotz vom Land gerade recht. Dumm ist er ja nicht, soll mal zur Probe vorsprechen.

Gérard hat panische Angst, steht auf der Bühne und soll Caligula spielen, einen verrückten römischen Kaiser und ist selber verrückt – wenigstens das passt. Zerlegt vor Aufregung einen Stuhl. Der Text ist weg! Nein, er ist noch da. Was ist, wenn der Text fehlt, der Text, der Text… Der Atem stockt, das Herz steht still. Alle spüren das. Dann löst sich endlich die Spannung, Gérard geht langsam ins Licht, spricht Caligula… Er kriegt die Rolle. Der erste Triumph des Gérard Depardieu.

Neun Monate Ausbildung. Depardieu ist fleißig, kommt immer in den Unterricht, schreibt mit. Kann er das überhaupt? Kann er, aber herzeigen mag er sein Gekrakel lieber nicht. Die Regisseure sind beeindruckt von dem rohen Kerl, der seine lausige Herkunft nicht versteckt und an den Fingernägeln kaut, gescheit ist er und leidenschaftlich liebt er seine Rollen, das Theater. Sein Sprach- und Sprechproblem kriegt er in den Griff, geht für ein halbes Jahr in Therapie, wird besser und selbstsicher und dadurch noch besser und souveräner. Wird im kleinen Rahmen einer nicht ganz kleinen Schauspielschule ein Starschauspielschüler. Die bekommen von den Lehrern anspruchsvolle Rollen und wollen natürlich berühmt werden. Die echten Rollen kommen manchmal zufällig.

Eines Tages trifft Gérard eine Freundin aus Chateauroux, ihr Cousin dreht einen Film und für diesen Film sucht der Cousin einen Beatnik. Ein Beatnik war zu dieser Zeit ein Tunichtgut, der rumhängt, damit andere Leute ärgert und das insgesamt sehr schick findet. Für Gérard eine bekannte Rolle, er muss sich nur selbst spielen, erhält dafür aber 500 Franc am Tag. Die Dreharbeiten dauern zwei Tage, den ersten verschläft er, dafür kauft ihm dann der Regisseur einen Wecker. Seine zweite Rolle ist wie die im ersten Film, er muss sich dafür nicht mal umziehen. Dazu schleppt er noch die Kamera, kocht für die Crew und lernt auf diese Weise das Filmgeschäft von Grund auf kennen.

Noch ein Filmchen und noch eins. Unbedeutende Rollen, eigenartiges Zeug, aber er lernt. Lernt Leute kennen, will mehr als kleine Nebenrollen. Spielt ein wenig Theater, dann wird er entdeckt: eine große Rolle, ein großer Film, großes Kino.

Kino ist wunderschön. Das dustere Licht, schauen, wer alles reinkommt, das Gezappel und Gemurmel, Popcorn, die Werbung haspelt vorbei – Eis! Dann wird das Licht weich, der Vorhang geht auf, die Sitzreihen tauchen in die Finsternis ab. Schwarze Dunkelheit. Die gewaltigen Schriftzeichen kommen auf und die Musik schwimmt in den Kopf, die Bilder ziehen einen in die Geschichte, tragen dich fort … Träume.

Gérard Depardieu hat wunderschöne Filme gemacht, spielt wie ein Vulkan und spielt sie alle: Schurken, Helden, Liebhaber, Bullen, fiese Kerle, Schelme, Gauner, Degenkämpfer, wüste Eroberer und den größten, dicksten Franzosen aller Zeiten, nein, sind noch nicht Franzosen, sind noch Gallier: Idefix und Obelix. Im Kino ist alles großartig: die Liebe und das Leben, Priester und Verbrecher – sprachlos: Vorhang auf …

Albert Einstein, geboren am 14. März 1879 in Ulm, gestorben am 18. April 1955 in Princeton, USA, war Physiker, Forscher, Genie und vielleicht sogar der bedeutenste Wissenschaftler überhaupt.

E ist gleich

Wie Albert Einstein aus lauter Misstrauen die klassische Physik aus den Angeln hebt.

Albert war ein stiller Bub. Erstmal hat er gar nichts gesagt – das ist bei allen Kindern so, nur nicht so lange. Dann haben sich die Eltern Sorgen gemacht – das ist bei allen Eltern so. Schließlich hat Albert doch zu reden angefangen und zwar doppelt: er hat jeden Satz zweimal gesagt. Für das Kindermädchen war er der Depperte, aber das war Albert wurscht. Albert war nämlich auch stur. Beharrlich. Und weil er nichts Falsches sagen wollte, hat er die Sätze – bevor er sie ‚wirklich' sagte – schon mal ausprobiert, hat sie sich also probeweise erst mal leise vorgesagt und dann ‚wirklich' und laut gesagt. In der Schule hat sich das gelegt.

1885 ist Albert Einstein in die Schule gekommen, in die katholische St. Peters Schule in der Blumenstraße nahe dem Münchner Stadtzentrum. München kann recht ungemütlich sein: „Das sind die Nägel, mit denen die Juden Christus ans Kreuz geschlagen haben", hat der Lehrer gesagt und einen langen Nagel aus der Tasche gezogen. Und weil die Einsteins Juden waren, hat der kleine Albert das auf dem Nachhauseweg zu spüren gekriegt. Er hat das weggesteckt und später in seinen Erinnerungen als Rempelei abgetan, als gewöhnliche Grobheit unter Kindern. Hat kein Drama draus gemacht, keine Leidensgeschichte und keinen Heldenroman, sondern kühl und sachlich die Begebenheit geschildert, nichts verharmlost und nichts aufgebauscht. Der ‚Biedermeier' war er für die anderen, der Langweiler, der nicht mitspielt, wenn's draußen zur Sache geht, und wenn doch, dann macht er grade mal den Schiedsrichter. Albert sind diese Spiele zuwider, Gruppen, die sich von Anführern durch die Gegend schicken lassen, gemeinsam zu fast jeder Gemeinheit bereit sind, Soldaten spielen, Soldaten sein wollen und schließlich Soldaten werden. Das ist nicht Alberts Ding.

Albert will wissen. Will wissen, was hinter den Dingen steckt. Zum Beispiel dieser Kompass. Sein Vater hat ihm den geschenkt, da war Albert gerade mal fünf Jahre alt. Das hat ihn beeindruckt: eine Nadel, die sich auf geheimnisvolle Weise immer in dieselbe Richtung dreht. Was ist der Grund? Was steckt dahinter?

Wer so etwas wissen will, bekommt in der Schule gute Noten. Muss aber seine Hausaufgaben machen – vor dem Spielen. Das sieht Albert ein. Aber Gehorsam? Dass man sich was sagen lassen soll, einfach so? Etwas tun, nur weil's der Lehrer sagt, wie ein Feldwebel zur Mannschaft? Schwierig. Albert trägt's mit Fassung, den Drill, die dumme Disziplin und die vaterländische Begeisterung, für die andere aus einer anderen Ecke recht wenig übrig haben. Er vertieft sich in die Bücher. Liest ‚Bernsteins Wissenschaftliche Volksbücher', merkt auch, dass die Bibel mit der einen oder anderen Geschichte gar nicht Recht haben kann: „Wenn bei der religiösen Erziehung mit Vorbedacht gelogen wird", sagt er, „muss man auch auf anderen Gebieten gewärtigen, dass die Schulbücher nicht die Wahrheit sagen." Was Albert bleibt, ist ein gesundes Misstrauen.

Und die Liebe zur Geometrie. Da sind Aussagen, die den kleinen Einstein unbeschreiblich beeindrucken. Dass sich zum Beispiel die Höhen eines Dreiecks in einem Punkt schneiden, das vermutet man zunächst überhaupt nicht. Dass sie es doch – immer! – tun, kann so sicher und klar bewiesen werden, dass jeder Zweifel ausgeschlossen ist – begeisternd.

1894 ziehen die Einsteins von München nach Mailand. Albert bleibt in München, er soll die Schule fertig machen. Er überwirft sich mit den Lehrern und bricht die Schule ab, reist zur Familie nach Italien. In der Schweiz will er studieren, dort geht's gelegentlich auch ohne Abitur. Er liest in Physikbüchern, geht Bergsteigen, spielt Geige und fällt durch die Aufnahmeprüfung für die technische Hochschule, das Polytechnikum. Er holt das Abitur nach, studiert schließlich und wird – arbeitslos. Kriegt keine Stelle wie die anderen, weil er sich nichts sagen lässt. Naturforscher wollte er werden und kommt jetzt mit etwas Privatunterricht in Mathematik und Physik gerade mal so über die Runden.

Endlich kriegt er eine feste Stelle: als technischer Experte dritter Klasse am Schweizer Patentamt in Bern. Dort macht er's sich gemütlich, zieht seine bestickten Pantoffeln an und hebt die klassische Physik aus den Angeln.

Drunter macht er's nicht, der Sturkopf, der Grübler. Fängt ja ganz harmlos an: Das Licht, so weiß man zu jener Zeit, ist eine Welle, keiner will das bestreiten. Das Problem ist nur: Aus was besteht die Welle? Die Meereswellen sind aus Wasser und die Schallwellen sind Bewegungen der Luft, aber das Licht? Das von den fernen Sternen durchs Weltall zu uns kommt, woraus soll da die Welle sein, im Nichts des leeren Weltenraums? Die Forscher sind ratlos, aber nicht lange, und weil nicht sein kann, was nicht sein darf, erfinden sie ein ‚Etwas': den ‚Äther', er trägt die Lichtwellen. Und weil den Äther noch keiner gesehen hat, suchen jetzt alle Forscher den Äther.

Einstein wischt die Erklärung vom Tisch. Sie ist falsch, weil – die Erklärung des Lichts falsch ist. Licht ist eben – das war Einstein klar – nicht nur Welle, Licht besteht auch aus Teilchen. Das Licht saust in kleinen Lichtportionen, in ‚Quanten' durch den Raum. Die Lichtquanten nennt man Photonen. Mit den Quanten lässt sich die Welt der Atome, die Welt im Allerallerkleinsten erklären.

Einstein greift die damals kaum bekannte Quantentheorie auf und löst so das Problem, das die klassische Physik mit dem Licht hatte, aber er setzt noch einen drauf: die Relativitätstheorie. Auch die fängt beim Licht an: die Lichtteilchen sausen durch den Raum – und zwar sehr schnell, mit Lichtgeschwindigkeit, das sind 299.792 Kilometer in der Sekunde. Das ist so aberwitzig schnell, dass da – wenn man sich das durch den Kopf gehen lässt (und Einstein lässt sich das durch den Kopf gehen) – dass da manches anders wird: Uhren gehen anders, der Raum schrumpft, alles wird, alles ist eigentlich anders, ist ‚relativ'! Relativ, das heißt nicht, dass man nichts Genaues weiß, sondern: Einstein stellt fest, dass man zum Beispiel ohne festen Halt, ohne Bezugspunkt nicht wirklich sagen kann, was sich bewegt. Und das kennt jetzt wieder jeder, der schon mal Eisenbahn gefahren ist. Wer in einem Zug sitzt, der am Bahnhof steht und aus dem Fenster auf den Zug vom Nebengleis schaut und der sich plötzlich bewegt, kann – im ersten Moment jedenfalls – nicht feststellen, ob die anderen losfahren oder der eigene Waggon sich bewegt. Ohne Bahnsteig, Wartesaal oder Lokschuppen kann man nur sagen, die beiden Züge bewegen sich in Beziehung zueinander, untereinander – relativ.

Einstein hat herausgefunden, dass außer der immer gleich bleibenden, ‚konstanten' Lichtgeschwindigkeit c letztlich alles relativ ist: Energie, Masse, Zeit und Raum; alles ist relativ und: austauschbar! Energie ist dasselbe wie Masse, wie Masse mal Geschwindigkeit, $E = m \cdot c^2$, Energie ist Masse mal Lichtgeschwindigkeit mal Lichtgeschwindigkeit.

Das hat gewaltige Folgen. Und das will erklärt sein, das ist Physik, das ist Mathematik. Schwierig? Mag sein, aber: machbar. Das ist zu schaffen, und das Schöne ist: Um das alles zu verstehen braucht man nicht mal Begabung. Nur Neugierde, leidenschaftliche Neugierde. Sagt Einstein. Und der muss es ja wissen.

Dattelkern und Sommervöglein

Anna Maria Sibylla Merian, geboren am 2. April 1647 in Frankfurt am Main, gestorben am 13. Januar 1717 in Amsterdam, war Naturforscherin und Künstlerin. Sie hat als Erste die Entwicklungsstufen von Insekten entdeckt und in unzähligen Zeichnungen dokumentiert.

Wie Maria Sibylla Merian ihre Schmetterlingsflügel entdeckt.

Schon mal einen Schmetterling gesehen, in natura über die Wiese tanzen, so unentschlossen und zappelig von einer Blume zur nächsten flattern? Ist wahrscheinlich schon länger her, denn: Es gibt gar nicht mehr so viele – Wiesen mit Blumen und Schmetterlingen. Das lohnt nicht, die Bauern müssen heute scharf rechnen und da bleibt kein Platz für Kräuter und Würmchen und Blindschleichen und Schmetterlinge.

Früher war das anders. Da waren die Felder klein, es gab keine Chemie gegen gefräßige Raupen und keine Traktoren. Die Bauern mussten die Kartoffeln mit den Händen klauben und mit dem Karren zum Marktplatz bringen. Die Menschen hatten andere Sorgen als Frösche, Tümpel und Schmetterlinge und keiner hat sich drum gekümmert – *Halt!* Ein Schmetterling war dann doch recht interessant: der Seidenspinner.

Dazu muss man wissen, dass der Schmetterling gar nicht so geboren wird, wie er später durch die Gegend flattert mit seinen großen bunten Flügeln, nein: Mutter Schmetterling klebt kleine Eier an die Blätter, nicht irgendwelche Blätter, nein, das müssen schon ausgesuchte Kohlköpfe sein oder sonst was Einmaliges. Und aus den Eiern schlüpfen auch noch keine Schmetterlinge, sondern erstmal kleine Raupen. Manche schillern schon schön bunt, manchmal haben sie strubbelige Borsten oder winzige Punkte. Dann geht die Fresserei los und nach einigen Wochen wickeln sich die Raupen mit einem Faden in eine Schutzhülle wie eine Mumie, einen Kokon, und überwintern in irgendwelchen Baum- und Mauerritzen. Dann schlüpfen sie als Pfauenauge, Admiral oder Zitronenfalter – wenn man sie lässt. Die Seidenspinner lässt man nicht: Sie werden gezüchtet, damit man an den Faden kommt, mit dem sie sich einspinnen. Der Faden ist drei Kilometer lang und der edelste Faden der Welt: Seide.

Diese Seidenspinnerraupe hat's auch der kleinen Sibylla angetan – oder Sybilla? oder Sibilla? Die Schreibweise jedenfalls nahm Sibylla Maria nicht so genau und das war damals auch nicht wirklich wichtig. Sibylla Maria war die Tochter von Mattheus Merian. Der war ein alter Fuchs und Kupferstecher. Seine Städteansichten waren berühmt und der Blick von oben auf die Dächer, Straßen und Kirchtürme war einzigartig – er hat sich's zurechtgelegt, wie das wohl ausgeschaut haben muss. Kupferstiche und Bücher finden ihre Käufer, der gewiefte Mann weiß, was die Leute mögen.

Dann stirbt ihm sein Weib weg, die Maria, hinterlässt fünf Kinder und einen alten Mann, der „mit mancherlei Schwachheit immerzu zeitlich überfallen wird in welchem Zustand er treue Hilfe und Wartung braucht".

Die Hilfe kommt: Am 11. Mai 1645 heiratet Matthaeus Merian im Alter von 52 Jahren Sybilla Heim. Die versteht nichts von der Kunst, aber viel vom Geld und wie man es zusammenhält. Zwei Jahre später schenkt sie ihrem kränkelnden Mattheus eine Tochter, der sie nach seinen beiden Frauen nennt: Maria Sibylla. Der Vater liebt seine Tochter über alles, nur eben nicht sehr lange: Mit den Worten „Bin ich schon nicht mehr da, wird man noch sagen: Das ist Merians Tochter" stirbt er. Da ist Maria Sibylla gerade mal drei Jahre alt. Die anderen Kinder sind zwar aus dem Gröbsten raus, aber trotzdem grob: Es geht ums Erbe und es fallen hässliche Worte, dann wird geteilt. Eine Hälfte bekommen die Kinder aus der ersten Ehe, die andere bekommen Sybilla Merian, geborene Heim, mit ihren mittlerweile zwei Kindern Sibylla Maria und dem inzwischen eingetroffenen Brüderchen Johann Maximilian. 3.800 Gulden, das war selbst damals nicht viel für eine Frau mit zwei Kindern. Was tun? Heiraten! Wen? Morell, den kleinen Maler.

‚Kleiner Maler', das sagen die Söhne, die großen Merians. Ja, die können hübsch überheblich sein, der Stiefmutter gegenüber, der ‚Rabenmutter', die kann ja nur einen ‚kleinen' Maler finden. Es geht halt ums Geld, das könnten die Brüder gut brauchen, damit könnten sie noch viel besser die Geschäfte des Vaters weiterführen. Die kleine Sibylla Maria kümmert sich nicht darum, für sie ist der kleine Maler das große Glück. Farben, Pinsel und Staffelei, dicke Bücher und ein Papa, der selber eines schreibt: ‚Artiges und Kunstreiches Reisebüchlein für die ankommende Jugend zu lehren, insonderheit für Mahler, Goldschmidt und Bildhauer' – was kann es Schöneres geben? Schöneres gibt's nicht, aber Wichtigeres, besonders für die Mädels: Die müssen häkeln und sticken und stricken und kochen und den Boden schrubben und alles, was sich für ein braves Mädchen gehört. Meint Mama. Und Sibylla liegt brav im Atelier auf dem Boden, aber nicht zum Schrubben. Sie studiert die alten Bücher vom alten Merian: die Städte und Häuser, Kirchturmspitzen und Reiter, die Pferde, Esel, Drachen, Indianer, Ungeheuer, die Schlachten und das Gemetzel, Galgen, Spinnen, Libellen und Wespennester, Seepferdchen und – Schmetterlinge. Schmetterlinge sind verhext: Es sind verzauberte Hexen, die Sahne und Butter ranzig machen, Butterfliegen – englisch: Butterfly.

Stimmt das? Schwierig. Da gibt's so viel zu untersuchen, zu studieren, zu prüfen und nachzuzeichnen und Sibylla kann froh sein, in der Schule gerade mal das Lesen und ein wenig Rechnen zu lernen. Mehr brauchen die Mädels nicht, sollen heiraten und flink den Männern zur Hand sein, da stört nur das Latein und all das Wissen kluger Köpfe. Sibylla schert's wenig: sie ist ernst und beharrlich. Heimlich malt sie nachts auf dem Dachboden: zum Beispiel Tulpen – nach dem Leben. Gestohlene Tulpen. Tulpen sind damals wahnwitzig teuer und Sibylla hat eine dem Grafen heimlich aus dem Garten gegraben. Alles fliegt auf, der Graf tobt. Dann hört er die Geschichte von der kleinen Zeichnerin, erhält als Sühneopfer die Zeichnung. Und Sibylla erhält vom kleinen Morell Unterricht in Zeichnen und Malen und Caspar, der große Bruder, zeigt ihr den Kupferstich.

Maria Sibylla zeichnet nach der Natur. Keine Seeungeheuer, keine frommen Wunder, ihre Ungeheuer sind gerade mal drei Zentimeter lang und das Wunder ist überschaubar, aber nicht minder erstaunlich: Es ist die Verwandlung des Seidenspinners, die Wandlung vom Ei zur Raupe, von der Raupe zur Puppe, dem ‚Dattelkern', wie die Leute den Kokon nennen, und vom Dattelkern zum ‚Sommervöglein', zum Schmetterling. Andere folgen: Sackträgermotte, Ritterfalter, Eichenspinner. Unablässig streift Sibylla durch die Wiesen und Wälder, bringt neue Puppen

und Käfer nach Hause, sammelt sie in Schächtelchen und Dosen, spießt sie auf und malt sie ab, Raupen und Schmetterlinge und jedem sein Gemüse – die Pflanze, die er braucht: Glockenblume, Pfirsich, Gartenmalve oder Essigrose. Eine wundersame Welt voller Geheimnisse, Verstecke und Geraune. Alles sieht einfach und klar aus – Blumen, Blätter, Blüten und eine dicke Raupe, doch Halt: Da hinten krabbelt noch etwas und da hüpft eine Fliege übers Blatt und die Blumen winden sich verschlungen dem Licht entgegen, dazu mächtige Falter mit Ringelrüsseln, weiche, fließende Blütenzweige, Motten, Krabben, Muscheln, Trompetenschnecken ...

Das ist Merians Tochter – erforscht die Welt im Kleinen, studiert, was da wächst und gedeiht und kriecht und fliegt, bringt alles zu Papier und an den Mann: verkauft die Bögen für gutes Geld. 1678 erscheint der erste Teil des Raupenbuchs. 1699 reist sie in den Dschungel Südamerikas, malt Ananas, blaue Eidechsen, Würmer und Bienen, untersucht das Leben der Frösche und indianischen Pfeffer.

Maria Sibylla Merian ist berühmt, ihr Ruf dringt bis an den Hof des russischen Zaren. Im Archiv des Hofschatzmeisters kann man Folgendes nachlesen: „Am 2. Januar befahlen Ihre Majestät der Zar, für zwei große Bücher, die lose Pergamentblätter enthalten und auf denen mit größter Meisterschaft auf dem Gebiet der Malerei allerlei Blumen, Schmetterlinge, Fliegen und anderes Getier dargestellt sind, dreitausend Gulden auszuzahlen."

Heute wird das Getier aus der Natur entfernt, dazu braucht's nicht mal Chemie: Wenn die Weiden und Moosbeeren, die Pappeln und feuchten Wiesen verschwinden, wenn es keine Glockenblumen, Pfirsichblüten, Gartenmalven oder Essigrosen mehr gibt, braucht man sich um den Raupenbefall keine Sorgen mehr zu machen, nur ein paar Erfahrungen bleiben dann auf der Strecke.

Was meint die Merian dazu? „Ich hab erfahren, dass aus mancher unansehnlicher Raupe oft etwas gar schönes worden ist."

William „Bill" Henry Gates, geboren am 28. Oktober 1955 in Seattle, USA, ist Programmierer, Unternehmer und gründete 1975 gemeinsam mit Paul Allen die Microsoft Corporation. Er gilt als reichster Mann der Welt.

Wenn – dann

Wie Bill Gates ehrgeizig seine eigenen Lösungen immer wieder verbessert.

Dass Arbeit Spaß macht, hört man immer wieder. Aber wenn man jemanden fragt, der den ganzen Tag an der Supermarktkasse sitzt, dann klingt das schon anders. Viele sind froh, wenn sie am Abend einigermaßen heil rauskommen, da geht's ums pure Durchhalten, ums Aushalten.

Das muss nicht sein, es geht auch anders. Da ist Arbeit schön, so schön, dass sie süchtig macht. Da kommt man nicht von los, kann nicht aufhören, schläft nicht mehr. Da gibt's außer Burger, Pizza und Cola nur noch eins: Wie mach ich's besser, schöner, klarer, schlanker und eleganter? Das ist Faszination, Besessenheit, Anspannung, Konzentration und Nervenkitzel, die Macht der eigenen Gedanken über die Gesetze des Denkens, über die Logik. So geht Programmieren.

Für sich genommen sind Computer weder dumm noch intelligent oder klug, es sind Maschinen. Sie werden programmiert, also gefüttert, damit sie das tun, was man will. Das tun sie grob geschätzt seit 50 Jahren, vorher gab es auch schon Rechenmaschinen – die hatten eine Kurbel und Zahnräder. Dann wurden die Aufgaben größer. Die amerikanische Armee zum Beispiel musste viel rechnen, wie etwa ein Geschoss fliegt oder eine Bombe ordentlich explodiert. Um das genau auszurechnen, mussten Rechner hergestellt werden, die 25 Meter lang waren und mehr als drei Lastwagen wogen. So ein Riesenrechner stand auch irgendwo in Seattle und wer wollte, konnte sich Rechenzeit kaufen und sich etwas ausrechnen lassen. Seattle liegt an der amerikanischen Pazifikküste und William ging dort zur Schule, in die Lakeside School, was so viel heißt wie ‚Schule am See'; William wird ein begeisterter Wasserskifahrer werden …

Amerikanische Mütter sind rührig und glauben – wie alle guten Amerikaner – an die Technik, ihren Segen und die Fortschritte in Haushalt und Büro. Deshalb haben die Mütter in Seattle für ihre Kinder einen Fernschreiber gekauft. Ein Fernschreiber ist im Wesentlichen eine Tastatur, mit der man über das Telefonnetz jemand anderem schreibt. In der Lakeside School konnten die Kinder mit der großen Rechenmaschine schreiben. Die hat dann etwas ausgerechnet und weil das etwas kostet, haben die Mütter das zunächst einmal bezahlt. Zunächst einmal.

Mit dem Fernschreiber in der Ecke wird dieses sonderbare Rechenzentrum ein gut besuchter Raum. William und sein Freund Paul jedenfalls kommen nicht mehr raus. William hat Paul im Computerzimmer kennengelernt, William – kurz ‚Bill' – ist zwölf, zwei Jahre jünger als Paul. Bill hat eine dicke Hornbrille und mit seinem wuscheligen Pony in der Stirn sieht er heute nach 40 Jahren noch genauso aus wie damals: ein großes Kind, fast möchte man sagen ein Kindskopf – Bill Gates, der reichste Mann der Welt. Bis es soweit ist, dauert es zwar ein Weilchen, aber nicht zu lange, denn Bill hat sich vorgenommen, mit 25 Jahren die erste Million gemacht zu haben. Es wird klappen.

Zunächst steckte die ganze Computerbranche noch in den Kinderschuhen. Alles war zwar riesengroß (25 Meter), aber auch ziemlich unwichtig. Nur wenige wussten damit etwas anzufangen, die Eltern nicht und Lehrer schon gleich überhaupt nicht. Wenn dann ein Kind die ganze Zeit mit so einer merkwürdigen Maschine im Zimmer sitzt, wundert es niemanden, dass die Eltern sich Sorgen machen. Bill bekommt Computerraum-Verbot. Das ist aber nicht lange durchzuhalten, Bill und sein Freund Paul sind schon kleine Profis und aus der Tic-tac-toe-Phase längst heraus. Tic-tac-toe ist ein Spiel, so ähnlich wie Mühle, nur noch simpler – es war das erste Programm, das Bill geschrieben hat. So ein Spiel dauert mit Zettel und Bleistift eine halbe Minute, gibt man aber die Spielzüge über einen Fernschreiber an einen Computer in irgendeinem Rechenzentrum ein, lässt sich mit so einem Spiel locker die ganze Mittagspause bestreiten. Außerdem lernt man – sozusagen spielerisch – einiges über die Methode dieser Rechenmaschinen, ihre Handhabe, ihre Empfindlichkeiten und auch ihre Sprache, sie heißt BASIC, das ist eine relativ leicht zu erlernende Programmiersprache. Und noch etwas lernt man: den Zusammenhang von Zeit und Geld.

36

Wie gesagt, Rechenzeit kostet. Wer also ein schnelles Programm bastelt, spart Rechenzeit und somit Geld. Das wissen auch die anderen, aber die verstehen nichts von Computern und müssen dauernd Bill fragen, dem diese Rolle eines Computerspezialisten gefällt. Von Ferne sieht er schon die erste Million aufziehen. Sie kommt nicht sofort, aber immerhin kommt eine kleine Anfrage der Firma CCC – Computer Center Corporation: Die Kids von der Lakeside School sollen das System der Firma nach kleinen Fehlern, nach ‚Bugs' absuchen. Dafür bekommen die Schüler dann kostbare Rechenzeit. Auch nicht schlecht.

Auf der Suche nach den Bugs knacken die Kinder schnell das ganze System und Bill bringt die Computer zum Absturz. ‚Durch Fehler lernen' nennt man das, er lernt, dass da eine ganze Menge Geld zu machen ist. Bill Gates und Paul Allen gründen eine Firma, nennen sich fortan Traf-O-Data und freuen sich über einen kleinen Auftrag für ihre kleine Firma. Gezahlt wird wieder in Rechenzeit, die Zeit steckt Traf-O-Data gleich wieder in den nächsten Auftrag: ein Programm zur Verkehrszählung. Die Sache läuft ein Jahr, dann wissen die Auftraggeber selbst, wie man seinen Verkehr zählt. Sie kündigen den Kids, aber denen bleiben ein paar Tausend Dollar und die Ehre, für die Lakeside School die Klassenbildung auf dem Computer zu entwerfen.

Bill und Paul tüftelten die ganzen Sommerferien, wer in welche Klasse und welche Klasse wo. Im neuen Schuljahr haben dann die Lehrer einen schönen Plan und sie selber die nettesten Mädchen in der Klasse.

Im Sommer 1972 bringt Intel einen neuen Mikroprozessor auf den Markt. Ein Mikroprozessor ist ungefähr so groß wie ein Kartoffelchip, auf diesem Chip ist das ganze Gehirn eines Computers untergebracht. Merkwürdigerweise wussten das die Hersteller des Chips selber nicht: Sie haben die Mikroprozessoren für Taschenrechner und die Steuerung von Liften angeboten. Paul und Bill waren wohl die ersten, die erkannt haben, dass in diesen Mikroprozessoren viel mehr steckt – wenn man für sie nur ein ordentliches Programm schreibt. Dann kommt das, was kommen muss: ein kleines Kästchen mit 16 flimmernden Lämpchen, ein launiger Quatsch, eine Spaßbox, aber: mit dem neuen Mikroprozessor, der MITS-Altair, ein richtiger Computer also, der – nichts kann. Jetzt war Eile geboten. Paul Allen und Bill Gates gründen eine neue Firma, die für kleine, für ‚Mikro'-Computer die Programme – die ‚Software' schreibt.

‚Microsoft' ist geboren und bringt als erstes dem kleinen Altair etwas Ordentliches bei: die universelle Computersprache BASIC.

Seither hat sich einiges getan. Der kleine Altair Computer konnte 4.000 Zeichen speichern, heute speichert ein moderner Personal-Computer 8 Milliarden Zeichen und steht auf jedem Arbeitsplatz und fast in jedem Haus. Bill Gates programmiert nicht mehr, er lässt programmieren. 15.000 Leute arbeiten für ihn und seinen Reichtum und ein paar von ihnen wurden selber dabei reich.

Programmieren ist eine anstrengende Angelegenheit. Es ist klar und logisch, es ist wie Mathematik, jeder kann es lernen und es kennt nur eine Regel: Wenn – dann. Diese ‚Wenns' und ‚Danns' haben es aber in sich, sie türmen sich auf, sind verschachtelt, verzweigen sich, verstecken sich, dass man schon mal ein ‚Wenn' vergisst und plötzlich und unerwartet kommt das dazugehörige ‚Dann' zum Vorschein und würfelt alles kräftig durcheinander; ein Puzzle, das alles fordert, das süchtig macht. Weil immer nur die eine Botschaft verkündet wird: Es geht noch besser, klarer, einfacher und: schneller! Es gibt noch eine Lösung hinter deiner Lösung.

Finde sie!

Das hält keiner lange durch. Nach 10 Jahren ist man ausgebrannt. Dann muss man es entweder geschafft haben oder in Neuseeland Schafe züchten. Bill Gates hat es geschafft. Darüber ist er zum schillernden Kauz geworden. Nett, höflich, aber auch jähzornig und aufbrausend. Versessen in seine Vision und seinen Erfolg, hat er andere Firmen vom Markt gewischt, ihre Ideen als die seinen verkauft, ist Bündnisse eingegangen und hat sie im rechten Moment wieder aufgekündigt, hat Existenzen geschaffen und andere zerstört, grad wie's ein Geschäftsmann so macht. Dafür hassen ihn die einen, verachten ihn und wünschen ihm die Pest an den Hals, genauso wie die anderen ihn bewundern, weil er raffiniert ist und klug und so intelligent. Und weil er so große Ziele hat.

Keine Frage – die Computer haben die Welt verändert. Die Frau an der Supermarktkasse muss jetzt nicht mehr die Preise einzeln eintippen, sie zieht nur noch die Strich-Codes über den Scanner. Trotzdem ist die Arbeit für sie nicht weniger geworden.

Merkwürdig.

David Livingstone, geboren am 19. März 1813 in Blantyre, England, gestorben am 1. Mai 1873 in Chitambo, Afrika, war Missionar, Afrikaforscher und Entdecker der Viktoriafälle.

Donnernder Rauch

Wie David Livingstone das Afrikafieber packt, weil er alles wissen will.

David Livingstone wollte alles wissen. Und weil sein Vater ein eifernder, bibelfester Mann war, erfuhr David zunächst einmal alles über Gottes Gnade und das Himmelreich. Mit Jesus im Herzen und ein paar frommen Sprüchen dazu wird David Livingstone dann in die Baumwollspinnerei des Mr. Doyle gesteckt. Das war damals so üblich.

Wir schreiben das Jahr 1823. David, das zweite Kind der Eheleute Anna und Neil Livingstone, ist gerade mal zehn Jahre alt. Vater Neil hat die Schneiderei an den Nagel gehängt und zieht als predigender Hausierer durch die Dörfer, verkauft Tee aus Ceylon und verkündet die Botschaft des Herrn in den verstreuten Höfen des schottischen Hochlands. Das nährt die Familie zu Hause mehr schlecht als recht und so endet Davids Kindheit recht bald an den Fabriktoren des Mr. Doyle, denn Kinder sind flink, willig und billig, und das wird jetzt gebraucht in den neuen Fabriken, die überall gebaut werden – in Schottland, in England und bald im ganzen Rest der Welt. Und so groß die Not im Land, so groß ist auch der Verdienst der Fabrikanten.

Die Fabrikbesitzer sind aber ehrenwerte Leut, lassen nichts auf sich kommen und spendieren allerlei Segensreiches, Mr. Doyle zum Beispiel eine Abendschule. Dort können die großen und kleinen Mitarbeiter nach Dienstschluss von acht bis zehn Uhr abends alles Wissenswerte über die lateinische Sprache, die Welt der Pflanzen, der Mathematik und den Rest des Universums erfahren. Das lässt sich David nicht zweimal sagen. Und weil er alles wissen will, wandert sein erster Wochenlohn nicht in die Familienkasse, sondern in die des Buchhändlers – für eine lateinische Grammatik: ‚Ruddiman's Latein für Anfänger'.

David lernt Tag und Nacht, paukt Vokabeln, Fälle und Zeiten. Steckt das Lateinbuch an die Spinnmaschine, liest und knüpft und knüpft und liest, lernt, arbeitet bis acht, geht in die Schule. Liest, lernt, geht heim und liest und lernt bis weit nach Mitternacht: Latein am Morgen, Latein am Abend, dann kommen die Dichter dran: Horaz und Vergil – die großen Römer, später Geometrie, Reiseberichte, Geschichte und Pflanzenkunde, alles was man wissen muss.

Das gibt Probleme. Zuerst mit dem Vater, dem schwant nichts Gutes bei all dem ‚unnützen Zeug': Wozu's denn taugen soll, das Wissenschaftliche, und es verwirrt ja nur. Denn was ein rechter Prediger ist, der weiß wohl, dass die Welt in sieben Tagen geschaffen wurde und keinen Tag länger hat's gedauert. Dann kam Adam, dann Eva und die Sache mit dem Apfel und kein Tertiär und Millionen Jahre vor der Zeit…

David wird's ganz mulmig. Er liest vom Vater die fromme Botschaft und dann von der Unendlichkeit des Weltalls. Was stimmt? Hat die Bibel Recht oder die Wissenschaft? David glaubt das eine und weiß doch schon so viel vom anderen. Da stehen kluge Gedanken gegen die Erlösung des Himmels und das eine will so gar nicht zum anderen passen. Aber wo ein Wille ist, das alles unter einen Hut zu bekommen, da ist auch ein Weg, und der führt ins 100 Meilen entfernte

Dundee zu Thomas Dick. Er ist genau das, was der junge Livingstone jetzt braucht: ein frommer Mann und Wissenschaftler, ein Astronom, erforscht des Nachts die Sterne und hat ein Buch geschrieben, die ‚Philosophie der Zukunft', und die geht so: Je mehr man über die Welt weiß, desto größer ist Gott. Diese einfache Botschaft bringt Livingstones Welt wieder ins Gleichgewicht und gibt der Seele Mut und Kraft: Als Arzt und Missionar will David dem Herrn und seiner Schöpfung dienen und er schreibt sich ein: als ordentlicher Student der Universität in Glasgow.

Wenn so ein armer Tropf aus einer Baumwollspinnerei es bis zum Studium der Theologie und Medizin gebracht hat, ist's mit der Not noch nicht vorbei, aber die Familie hilft, und David ist bescheiden, zäh, fleißig und schließlich auch ein frischgebackener Doktor, bereit, das Christentum in die Welt zu tragen, nach China – doch in China ist Krieg, da werden keine Missionare hingeschickt, sondern Soldaten. Gottlob ist die Welt groß und vieles ist noch unbekannt, ganze Kontinente sind weiße Flecken auf der Landkarte – Afrika, Südamerika, Australien: vom Meer her gerade mal mit ein paar Hafenstädten erschlossen, der Rest der Kontinente liegt im Dunkeln. Geraune, Geschichten, Material für Träume und Fantasie – und ein noch weites Feld für die christliche Mission. Livingstone geht an Bord der ‚George', Ziel der Reise: Südafrika. Damit ist sein Schicksal besiegelt, Afrika wird ihn nie mehr loslassen …

Fünf Monate dauert die Fahrt mit dem Dampfer. Vom Kap geht's auf dem Ochsenkarren ins Landesinnere zur Missionsstation des Dr. Moffat: Gemüse- und Blumenbeete, Beerensträucher und Haustiere, aber in sechs Jahren gerade mal einen einzigen Menschen bekehrt, das kann's nicht sein. Livingstone will mehr, eine neue Station. Plant, hält Ausschau. Behandelt derweil die Kranken, wird ein großer Medizinmann, lernt Sitten und Gebräuche und Tswana, die Sprache der Eingeborenen. Die Europäer verachten die Afrikaner und die Sprache dazu, Livingstone ist fasziniert von ihrer Intelligenz und Schönheit, der Schönheit des Landes und seinen Möglichkeiten. Was wäre alles möglich: Farmen, Handel, Christentum. Allein mit dem Bekehren geht's nicht so recht voran: „Jaja", sagt der Häuptling, „es wird so allerhand geredet. Die weißen Männer sagen, dass das, was bei ihnen Sünde sei, bei uns auch Sünde sei, wer weiß?" So wird aus Gottes Wort schnell eine lächerliche Geschichte. Aber ein David Livingstone gibt so schnell nicht auf. Der Ochsenkarren wird wieder beladen. Ein kleiner Trupp ist das jetzt, der sich aufmacht, die Wüste Kalahari zu durchqueren, hin zum Ngami-See. Kein Weißer hat das je

gewagt, keiner kennt diesen geheimnisvollen See, an dessen Ufern, so heißt es, das Volk der Makolo lebt. Ihnen will Livingstone das Evangelium predigen. Noch weiß die kleine Schar nichts von den Entbehrungen, die kommen. Für Proviant ist gesorgt und das Gottvertrauen ist groß. Aber das Blatt wendet sich bald: Schier undurchdringliches Gestrüpp versperrt den Weg und dem fauligen Sumpf am Rand der Wüste folgen die endlosen Weiten, die Sonne brennt unerträglich. Livingstone muss umkehren. Noch zweimal wird er versuchen, vom Süden Afrikas durch die Kalahari

ins Herz des Kontinentes zu stoßen. Zunächst jedoch schreibt er das Erlebte auf und schickt die Unterlagen mit dem Postschiff nach England. Die Heimat ist begeistert, weil England jetzt in Afrika mitmischt, und Livingstone erhält für weitere Forschungstätigkeiten die stattliche Summe von 25 Guinnes – ein halbes Jahresgehalt.

Vom Forscherfieber gepackt, stößt David Livingstone immer weiter vor, immer tiefer in die geheimnisvollen Steppen und Wälder des schwarzen Erdteils hin zum ‚Großen Strom' wie ihn die Eingeborenen nennen, zum ‚Sambesi'. Wo fließt er hin? In den Indischen Ozean oder nach Westen zum Kongo? Oder ist das gar der Oberlauf des Nil? Eins ist gewiss: Sind diese Wasserstraßen einst befahrbar, dann ist es vorbei mit dem grausamen Sklavenhandel, der wie ein unsichtbares Netz die Stämme und Völker des schwarzen Kontinents gefangen hält. So ganz weg- und steglos sind die Wüsten und Savannen nämlich gar nicht: Von Norden her ziehen arabische Sklavenhändler durch die Dörfer, kaufen und erpressen ihre menschliche Ware, und von der afrikanischen Küste geht's zu den Baumwollfeldern der amerikanischen Südstaaten und auf die Zuckerrohrplantagen der Karibik.

Das ist ein Handel so gar nicht nach dem Geschmack eines guten Menschen. Und in die Empörung über das grausame Geschäft mischt sich Hoffnung und Zuversicht: Wenn es gelingt, den Kontinent zu erschließen und die wahren Schätze der Natur – Gewürze, Gold und Elfenbein – auf die Märkte der großen Handelsstädte zu bringen, dann hat die Not der armen Seelen und das Geschacher der Gottlosen ein Ende.

Ruhelos zieht Livingstone durch die Wildnis, am Sambesi entlang und immer weiter nach Westen, nichts hält ihn auf: nicht Hunger noch Hitze, Krankheit, Erschöpfung, Fieber, Schlangen oder Moskitos. Er gönnt sich keine Ruhe, kein Verschnaufen. Vom portugiesischen Luanda an der Westküste geht es wieder zurück, dem ‚Donnernden Rauch' entgegen. Was ist das? Was ist dieses Geheimnis des ‚Großen Flusses'? Langsam zieht die kleine Kolonne am Ufer des Sambesi nach Osten, der aufgehenden Sonne, dem ‚Donnernden Rauch' entgegen. Seit Tagen schon ist fernes Gepolter zu hören. Je weiter Livingstone mit seinen Trägern vorstößt, desto lauter wird das Toben und Tosen, die Sonne wird verdüstert, Wolken dampfen aus der Erde, Lärm, Gischt, und ein Inferno aus Wasser, Krach und Kälte enthüllt das grandiose Spektakel: die gigantischen Wasserfälle des Sambesi. Für Livingstone ist das der wunderbarste Augenblick, den er je in Afrika erlebt hat. Er gibt den Wasserfällen einen königlichen Namen: ‚Viktoriafälle' sollen sie genannt werden und die Queen Viktoria wird stolz sein.

Am 20. Mai 1856 hat Livingstone das Unmögliche geschafft. Er hat Afrika durchquert, von der portugiesischen Atlantikküste im Westen bis zum Indischen Ozean. Er ist voller Pläne, Zuversicht und Tatendrang, fährt nach England zurück, schreibt ein Buch, das sofort ein Bestseller wird: „Missionsreisen und Forschungen in Südafrika während eines 16-jährigen Aufenthalts im Inneren des Kontinents". Eine neue Expedition wird ausgestattet, der Sambesi soll von seinem Unterlauf her erforscht werden, der Traum der Wasserstraßen und Handelswege soll endlich Gestalt annehmen: von der Mündung mit dem Dampfer den Sambesi flussaufwärts und weiter, weiter, weiter … Träume, fixe Ideen – Wahn?

Alles geht schief. Der Dampfer, der die Expedition ins Landesinnere bringen soll, ist viel zu groß, das Beiboot zu schwach, die Mannschaft meutert. Hunger, Enttäuschung, Krankheit und Verzweiflung sind die ständigen Begleiter. Dazu Schwärme von Moskitos, Fiebersümpfe, Regen, Malaria. Die Flüsse: Felsen und Schlamm, Stromschnellen, Wasserfälle, kein Gedanke an Transporte auf dem Wasser. Schließlich stellt die englische Regierung die Unterstützung ein. Livingstone kann noch einmal Geld auftreiben, eine Expedition zusammenstellen und macht sich von Sansibar aus auf, die Nilquellen zu erforschen. Wieder zieht er den Sambesi flussaufwärts ins Herz Afrikas. Dann verliert sich seine Spur. Ist er tot? Gefangen? Ermordet? Die Welt rätselt. Jahre vergehen.

Im März 1866 wurde Livingstone in Sansibar zuletzt gesehen. Fünf Jahre später, am 5. Februar 1871, macht sich ein Reporter des New York Herald von dort aus auf, David Livingstone zu finden. Sein Name: Henry Morton Stanley. Gut ausgerüstet mit Geld, Trägern, Lasttieren und der notwendigen Skrupellosigkeit, die Mannschaft rücksichtslos durch den Dschungel zu treiben. Er fragt sich durch, von Dorf zu Dorf, nach einem alten weißen Mann, einem Doktor, ein frommer Kerl, der die Schwarzen bekehren will, der Flüsseforscher, ein Feind der Sklaverei. Lebt er noch? Ist er gesehen worden? Nach neun Monaten schafft Stanley das schier Unglaubliche: Er findet in einem entlegenen Karawanenstützpunkt am Ostufer des Tanganyika-Sees einen ausgemergelten, alten, weißhaarigen Greis. „Mr. Livingstone, nehme ich an?" – „Ja."

Stanley kann Livingstone nicht zur Rückkehr nach England überreden. David Livingstone bleibt bis zu seinem Tod am 1. Mai 1873 in Afrika. Stanley setzt Livingstones Forschungsreisen fort, Afrika aber wird unter den europäischen Mächten aufgeteilt.

Mary Wollstonecraft Shelley, geboren am 30. August 1797 in London, gestorben am 1. Februar 1851 ebenda, war eine bedeutende englische Schriftstellerin, die sich gruselige Schauergeschichten und Science-Fiction-Romane ausgedacht hat.

Monster

Wie Mary Shelley zwischen Philosophie und Liebe das Gruseln erfindet.

Mary hat ihre Mutter nicht kennengelernt, sie starb sechs Tage nach Marys Geburt. Ein Jahr nach ihrem Tod hat Marys Vater ein Buch über seine am Kindbettfieber gestorbene Frau geschrieben – es wurde ein echter Skandal. Das war nicht beabsichtigt. Aber wie es bei Philosophen zugeht – Marys Vater war ein berühmter Philosoph! – die Gedanken sind groß und schwer, aber das wirkliche Leben spielt eine andere Melodie. Aber der Reihe nach:

Marys Mutter hieß – Mary. Mary Wollstonecraft, geboren 1759. Der alte Wollstonecraft war ein rechter Saufkopf und Mary muss bald selber Geld verdienen. Für junge Frauen gab es damals gerade mal zwei Möglichkeiten: als Haus- und Kindermädchen bei den Reichen oder als Lehrerin. Mary Wollstonecraft macht mit ihren Schwestern eine Schule auf. Aus der Schule wird nichts Rechtes. Aber aus Mary. Sie lernt gescheite Leute kennen. Leute, die sich nichts vormachen lassen, Freidenker, Kerle, die ihr Schicksal selber in die Hand nehmen. Zumindest nehmen wollen.

Derweil stürmen in Frankreich aufgebrachte Massen das Staatsgefängnis, die Bastille. Der König wird gestürzt und geköpft, und für das Volk, „die Kinder des Vaterlandes, ist der Tag des Ruhmes gekommen!", so singen sie siegesgewiss und kämpfen um die Macht – das Volk gegen die Krone.

Das gefällt nicht allen Engländern. Aber Mary Wollstonecraft. Sie schreibt begeistert über den Kampf des Volkes, für die Sache der Menschenrechte. Damit wird sie über Nacht berühmt, reist selber nach Paris, riskiert dort Kopf und Kragen, kehrt nach England zurück, heiratet William Godwin, Schriftsteller, Philosoph und bald auch alleinerziehender Vater, denn Mary stirbt kurz nach der Geburt der nächsten kleinen Mary.

Für Philosophen ist die Welt als Ganzes kein Problem, ein schreiender Balg schon eher. Und das Geld. Über das Geld kann man trefflich streiten, aber auch für Philosophen wird am Ersten des Monats die Miete fällig. Godwin klärt die Sache in einem Aufwasch: Er packt das kurze Leben der Mary Wollstonecraft und seine eigenen mehr oder weniger großen Ideen in ein Buch und hat so schnell ein Werk geschaffen, das anständige Bürger unanständig finden: freie Liebe, Glück ohne Ehe, Kinder ohne Gottes Segen, und aus der erfrischend freimütigen Mary Wollstonecraft wird in den Augen der braven Leser ein schamloses und charakterloses Geschöpf. Der Skandal ist da, viel Gerede und Mrs. Clairmont aus dem Nachbarhaus taucht auf und schmeichelt dem tapsigen Philosophen so einfühlsam, dass er sie vom Fleck weg heiratet, sehr zum Kummer der kleinen Mary. Die – schüchtern wie sie ist, still, feinfühlig, gescheit und voller Fantasie – geht immer mehr auf Distanz, zieht sich in sich zurück und schließlich auf den Friedhof St. Pancras zum Grab ihrer Mutter. Dort baut sie ihre Luftschlösser und erfindet Geschichten, Träume und Gedanken verketten sich zu wundersamen Märchen und die wahre Welt wird unwirklich und umgekehrt.

Mit 15 geht Mary für ein Jahr nach Schottland. In den baumlosen Bergen und an den kahlen Ufern dieses einsamen Landstrichs werden die ersten luftigen Gestalten aus Marys Vorstellungskraft geboren und aufgezogen. Vater Godwin hat einen Verlag gegründet, schreibt Kinderbücher und die neue Stiefmutter wirbelt im Haus rum. Da meldet sich ein Fan: Percy Shelley, ein aufsässiger und etwas romantisch-weltfremder kleiner Schriftsteller und Draufgänger, der zweimal von der Schule geflogen und trotz seiner erst 19 Jahre schon verheiratet ist. Alter Adel, die Eltern sind reich, sehr reich, sie finden Percys Flausen schrecklich. Percy findet seine Eltern schrecklich. Eigentlich findet er die ganze Welt schrecklich, aber er findet Trost in Godwins Gedankenwelt. Godwin gefällt der kleine Shelley, und besonders gefällt ihm sein wohlhabendes Elternhaus – Godwin ist fast immer fast völlig pleite.

Shelley besucht Godwin. Shelley ist hübsch, hat große Augen, wuschelige Haare, ist lieb, gefühlvoll und ein wenig schüchtern. Das gefällt allen Mädchen. Mary – zurück aus Schottland – ist voller Weltschmerz. Shelley ist – philosophisch gesehen – auch voller Weltschmerz. Das passt gut zusammen. Liebe. Aber: Percy Shelley ist verheiratet. Also: Flucht! Wohin? Egal. Hauptsache weg. Shelley ‚entführt' seine Geliebte. Über Dover und Calais geht es nach Paris ins freie, gleiche und brüderliche Frankreich der Französischen Revolution. Die Freiheit der Franzosen sieht erbärmlich aus: Hunger, Bettler, verkommene Gasthöfe, lausiges Essen. Dazu liest das verliebte Paar erbauliche Bücher und langsam geht das Geld aus. Damit ist dann auch die Entführung vorbei, man kehrt zurück nach England und Mary ist mit gerade mal 17 Jahren schwanger.

So ein Durcheinander: Die ganz, ganz großen Gedanken im Kopf über die Liebe und das Leben und dann kleinlaut wieder umkehren und doch nur Geld ranschaffen für den großen Godwin, den alten Schnorrer. Kein Zuhause, falsche Freunde und dauernd dicke Bücher lesen über Räuber, Ritter oder das Lateinische, zuviel für ein so zartes Geschöpf wie Mary. Ihr Baby stirbt bei der Geburt. Zur Erholung reist man in die Schweiz, an den Genfer See; Freud und Leid, Glück und Qualen liegen bei den Shelleys nahe beieinander. Das gute Elternhaus sorgt für einen soliden Unterbau, auf dem sich dann Gedichte und Leidenschaften, Weltfremdes und alle möglichen Fantasien tummeln. Im Hôtel d'Angleterre vor den Toren Genfs mietet man sich ein und ein paar Tage später trifft auch noch Lord Byron ein, der berühmte und wegen seiner zahllosen Frauen- und Geldgeschichten berüchtigte Dichter, Denker, Aufschneider und Lebemann. Da blüht die Dichtkunst, lacht der Reim, Herz reimt sich auf Schmerz, Bäume auf Träume. Abends sitzt man bei Kerzenschein zusammen und erzählt sich wilde Schauergeschichten von dunklen Verliesen, flatternden Gespenstern und klirrenden Ketten. Jeder macht dem anderen Angst so gut es geht, und die verwegenste Geschichte ist gerade mal gut genug für die kleine feine Gesellschaft, die das Absonderliche liebt, pflegt und zu guter Letzt auch selbst erfindet: Jeder muss – so verabredet man sich – eine Geschichte schreiben, die einem die Angst in die Knochen treibt.

Aber keiner bringt was Ordentliches zustande, die großen Dichter nicht – Shelley oder Lord Byron – und Mary, die kleine Mary? Erst 19 Jahre alt, keine ordentliche Schule besucht, kann nicht mitreden und traut sich schon gleich gar nicht. Da hat sie einen Traum: Liegt ein Toter ausgestreckt und dann, durch irgendeine mächtige Maschine, gibt er plötzlich Lebenszeichen von sich mit einer ungelenken, aber lebensähnlichen Bewegung. Grauenvoll das Ganze, höchst grauenvoll, aber Mary hat ihre Geschichte: Frankenstein.

Frankenstein wird das Mega-Monster. Nicht dass nicht noch ein paar größere, blutrünstigere oder schaurigere Ekelpakete dazuerfunden worden wären – Gozilla, Drakula, Darth Vader oder wie die Zombies alle heißen. Das schönste aller Monster ist und bleibt Frankenstein. Weil er eine Seele hat. Er ist ein bisschen so wie du und ich.

P.S.: Eigentlich ist Frankenstein gar nicht das Monster, sondern der Doktor, der es gebastelt hat, heißt Frankenstein, Dr. Frankenstein aus Ingolstadt. Irgendwie aber auch egal: Wer Monster baut, ist selber eines.

Meint Mary. Ob sie Recht hat?

Alles muss man selber machen

Wie die Gebrüder Wright so lange tüfteln und basteln, bis sie abheben.

Ach ja, Fliegen, der alte Menschheitstraum. Die Menschheit sitzt am Boden und träumt vom Fliegen, als hätte sie keine anderen Probleme. Na ja, ein paar Leute hatten wirklich keine anderen. Was die alles angestellt haben, um in die Luft zu kommen und eine Weile oben zu bleiben, man kann's kaum glauben. Die wahnsinnigsten Apparate gab es da: Wasserrampen, regenschirmige Ufo-Kugeln, fliegende Schuhkartons und alles Mög- und Unmögliche, aber außer ein paar Hopsern ist nichts passiert. Man muss das systematisch, also mit System angehen, überlegt, geordnet. Dazu braucht man einen langen Atem und muss schauen, bei wem das Fliegen schon klappt. Zum Beispiel bei den Vögeln, die können ja größtenteils schön fliegen. Das sauber nachmachen, mit Geduld und Spucke, da kann was draus werden.

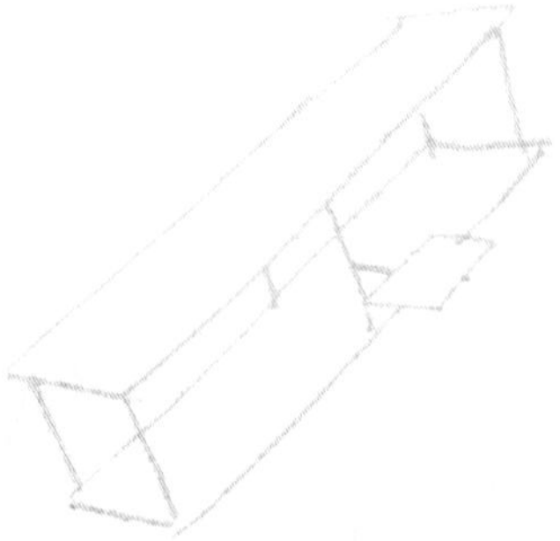

Manchmal kann man die großen Vögel sehen, auf freiem Feld, wenn sie über den Wipfeln kreisen: still, stark, ruhig und gelassen, fast starr drehen sie ihre Runden, ziehen große, weite Kreise und verschwinden in weitem Bogen hinter den hohen Bäumen. „Der Vogelflug als Grundlage der Fliegerei", das war der Schlüssel zum Erfolg. Dies wussten die beiden Brüder, Wilbur und Orville Wright, sie haben das Buch gelesen. Otto Lilienthal hat es geschrieben. Und bewiesen: Wie ein Vogel ist er mit weiten Schwingen von seinem Fliegerberg gesprungen und davon geschwebt. Dann hat er sich das Genick gebrochen.

Heute ist das Segelfliegen ein Sport. Alles ist hübsch berechnet, da kann nicht viel passieren, obwohl …

Wilbur Wright, geboren am 16. April 1867 in Melville, USA, gestorben am 30. Mai 1912 in Dayton.

Eigentlich ganz normale Fahrradmechaniker, führten sie die ersten kontrolliert gesteuerten Motorflüge der Welt durch und prägten mit ihren unermüdlichen Versuchen weltweit Fliegerei und Flugzeugbau.

Orville Wright, geboren am 19. August 1871 in Dayton, USA, gestorben am 30. Januar 1948 ebenda.

Luft hat keine Balken, sagt man, da muss alles stimmen, wenn es los geht. Da kann man nicht stehen bleiben und nachdenken, wenn was nicht klappt, da muss man vorher wissen, was man will. Wilbur und Orville war das nicht fremd. Sie haben viel nachgedacht und fast immer gemeinsam: sich die Gedanken mitgeteilt, überlegt und auch gestritten – aber nie verletzend oder gehässig. Das macht's den Eltern leicht. Vater Milton Wright war Bischof der Kirche der Vereinten Brüder in Christo oder, um genau zu sein, in Dayton, einer kleinen Stadt irgendwo im Nirgendwo Amerikas. Mutter steht in der Küche. Oder bastelt. Sie ist geschickt und die Kinder gucken sich's ab. Vater Milton bringt eines Tages einen Hubschrauber mit. Das ist bemerkenswert: Die ersten Hubschrauber gab's erst Jahrzehnte später. 1877 war's also auch kein echter Hubschrauber, sondern ein kleines Aufziehspielzeug: ein Federpaar oben und eines unten, dazwischen ein Gummiband; das wird aufgezogen und los geht's. Klappt, fliegt durch die Luft und macht Spaß. Muss man nachbauen, einmal, zweimal, kleiner, größer. Da merken die beiden Wrights: größer fliegt nicht unbedingt besser. Warum? Nachdenken.

Auch die Schulzeit ist irgendwann mal rum. Wilbur und Orville gründen eine Zeitung und gehen Pleite. Pech – aber es haut sie nicht um. Es gibt nämlich was Neues: Fahrräder. Die gab

es zwar schon länger, aber man konnte nicht wirklich damit fahren, die Hochräder waren eher was für Akrobaten und andere Todesmutige. Erst mit dem Sicherheitsfahrrad wurde das Radfahren zum Volkssport und zum ordentlichen Geschäft der Brüder: ‚Wright Cycle Co.' stand da in dicken Buchstaben über dem Fenster und drinnen wurden die Räder verkauft, repariert und dann sogar gebaut. Da lernt man was vom Konstruieren leichter Fahrzeuge, von Haltbarkeit und vom Gewicht, von dünnen Speichen, Zahnrädern und Ketten, vom Schwung und Gegenwind …

1899 bauen die Wrights ihren ersten Gleiter, einen Doppeldecker, aber: ohne Flugzeug, nur zwei Flügel übereinander montiert und vorn ein kleines Flügelchen, der ‚Entenflügel'.

Sieht aus wie ein Entenbürzel und so wird das Höhenruder fortan genannt: Entenflügel, lässt den komischen Flieger ‚nicken', das heißt, die Schnauze geht rauf oder runter. Und darauf kommt's an: auf die Steuerung – rauf, runter, rechts, links und im Kreis rum durch die Luft. Segeln wohin man will, aber auch genau dorthin. Sich nicht vom Wind treiben lassen, sondern: navigieren, ans Ziel kommen. Der Gleiter kann das. Er ist nur ein besserer Kastendrachen, aber: Die Tragflächen sind beweglich, die Steuerung funktioniert – so lala. Könnte besser gehen.

Grübeln, nachdenken. Was hat Lilienthal geschrieben? Was hat sonst wer wo geschrieben? Alles wird zusammengetragen und studiert, viel ist es nicht und man weiß nichts Genaues. Die Wrights lassen sich nicht entmutigen. Probieren geht über studieren. Aber wo? Am besten dort, wo beständig Wind weht und sonst keiner stört: in Kitty Hawk an der Küste von North Carolina. Da gibt's nichts außer Sand und Wind. Ideal zum Fliegen. Das denken auch die Moskitos. Die Wrights lassen sich nicht entmutigen. Aber sie kriegen die Probleme mit der Steuerung nicht in den Griff – wieder nachdenken! Und: Probieren geht über studieren. Aber da muss mehr bei rauskommen, das ist alles zu umständlich, mit dem Riesengleiter, dem Sand, dem Wind und seinen Launen … Also: Grundlagenforschung!

Heute ist das normal: Alles, was windschlüpfrig sein soll, wird im Windkanal getestet: schicke Cabrios, Segelboote und Lokomotiven. Damals, als die Wrights versuchten mit einem Gerät zu fliegen, das schwerer war als die Luft – Ballons und Luftschiffe gab es ja schon –, da hatte so ein Fluggerät noch keiner im Windkanal untersucht. Den Windkanal haben sich die Wrights selber gebaut, aus ein paar Brettern und einem alten Gebläse – alles haben sie selber gemacht! Und es hat funktioniert: Dutzende kleiner Tragflächen-Modelle haben sie in die Kiste gestellt und untersucht, die Größe geändert und die Wölbung und die Stellung im Wind, alles aufgeschrieben und mit den bekannten Messungen verglichen und festgestellt: Bei den alten Berechnungen kann was nicht stimmen. Sie haben rumgeknobelt, getüftelt und schließlich die alten Messergebnisse richtig gestellt und einen neuen Gleiter gebaut. Er hatte lange, schmale Flügel, vorne wieder das kleine Höhenruder, den ‚Entenflügel', und hinten ein schmales, senkrechtes Leitwerk. Mit diesem Gleiter konnten Orv und Wil 180 Meter weit durch die Wüste von Kitty Hawk schweben – ohne Motor. Mit Motor wäre das ein Flugzeug …

Das war im Jahr 1902. Langsam wurde es spannend. Luftschiffe gab's, riesige Ballons, die träge durch die Luft fuhren, und die Army zahlte schon Riesensummen für Flugversuche, bei denen aberwitzige Konstruktionen wie eine Hand voll Mörtel ins Wasser klatschten. Dass da zwei Fahrradmechaniker mit Lilienthal im Kopf und Mumm in den Knochen ganz erfolgreich durch die Wüste segeln, war bekannt. Aber fliegen? Mit einem Flugzeug? Ob das einer schafft? Und wenn – wer? Nur Wilbur und Orville wussten, dass sie das Rätsel schon gelöst hatten. Zwei Propeller noch und ein ordentlicher Motor, und dann: ran an den Start. Es gab aber keinen Motor! Die Automotoren waren alle viel zu schwer und auch zu schwach. Alles muss man selber machen!

Mit einem selbstkonstruierten Motor, der über zwei Fahrradketten die Propeller antreibt, hob am 17. Dezember 1903 Orville Wright zum ersten bemannten Flug in der Geschichte für zwölf Sekunden vom Boden ab. Nicht viel für den Anfang.

Aber alles.

Ringo Starr, alias Richard Starkey, geboren am 7. Juli 1940 in Liverpool, England, war Schlagzeuger bei den Beatles, der einflussreichsten Band des 20. Jahrhunderts.

Ja, ja, ja

Wie Ringo Starr trommeln muss, weil Schlagzeug sein Leben ist.

Liverpool ist eine ziemlich düstere Stadt, schmutzig und kalt. Der eisige Wind vom Nordatlantik treibt den Regen in die Straßen, den Rest haben die deutschen Bomber besorgt. Dann war der Krieg aus. Aber nicht die Not. Nur wer eine Lebensmittelkarte hatte, bekam etwas zu Essen. Richards Vater aber war Kuchenbäcker und so gab es Zucker – auch ohne Lebensmittelkarte. Als Richard drei Jahre alt war, ist sein Vater davongelaufen. Die Mama musste jede Arbeit annehmen: putzen, kellnern, Regale auffüllen. Opa war noch da und Oma. Wenn Richard krank wurde, hat Oma das gerichtet, mit Brotwickel und Grog. Bis Richard einmal wirklich krank wurde: Bauchfellentzündung, Blinddarmdurchbruch, Krankenhaus. Die Ärzte tasten den Bauch ab, drücken vorsichtig, es sind die schlimmsten Schmerzen. Die Operation ist schwierig, die Ärzte wissen nicht, ob Richard durchkommt. Er kommt durch, so grade noch.

Die andern Kinder gehen in die Schule. Richard liegt im Krankenhaus, langweilt sich. Er lehnt sich aus dem Gitterbettchen, fällt mit dem Bett um, die Operationsnarbe platzt auf: nochmal ein halbes Jahr Krankenhaus. Und ein Jahr zu Hause bleiben, bis alles schön verheilt ist, macht zwei Jahre keine Schule. Richard kommt in irgendeine Klasse, kapiert nichts, geht dafür im Park spazieren und schreibt sich seine Entschuldigungen selber. Das kommt natürlich raus, er kann ja gar nicht richtig schreiben. Lesen kann er mit neun und alles in allem bringt er es auf fünf Schuljahre, da bleibt nicht viel hängen. Ist auch nicht immer wichtig. Mit der richtigen Bande macht das Leben auch so Spaß: abhängen, auf den Trümmergrundstücken Quatsch machen, Brot mit Pommes essen und später Matrose werden, wozu noch was Ordentliches lernen?

Dann heiratet Mama wieder. Er heißt Harry und ist nett, kauft Richard Comics, spielt ihm Musik vor: „Kennst du das? – Hör mal!" Harry ist freundlich und Richard träumt von einem Haus mit weitem Blick über das Meer. Dann wird er wieder krank: Rippenfellentzündung, da ist es zur Lungenentzündung nicht weit hin, besonders in einer Stadt wie Liverpool, besonders unten bei den Docks, wo Richard wohnt. Er ist dreizehn und lernt jetzt auch die Vorzüge von Krankenhäusern kennen: den Gutenachtkuss der hübschen Krankenschwester und überhaupt die aufregenden Besuche in der Mädchenabteilung, da steckt dann jeder jeden an. Die Zeit im Krankenhaus ist endlos. Zur Abwechslung wird Musik gemacht: Die Krankenschwestern bringen ein paar Instrumente mit – Triangel, Tamburine und Trommeln und all das Zeug, das man

aus der Schule kennt. Richard spielt gerne mit, aber nur, wenn er eine Trommel kriegt. Er wird Mitglied in der Krankenhausband und trommelt nur noch rum. Irgendwann sind zehn Monate Krankenhaus vorbei.

Zu Hause geht's weiter. Richard kauft sich eine Trommel, eine alte, dumpfe Riesenbasstrommel, mit der er die Verwandtschaft auf die Palme bringt. Aber so schlimm ist es dann auch wieder nicht, die Onkels und Tanten machen ja selber gerne Krach mit ihren Mandolinen, Banjos und der Mundharmonika – Musik ist eben mit Geräusch verbunden.

Die Schule bleibt irgendwie auf der Strecke. Richard geht zur Eisenbahn, weil's dort was Ordentliches zum Anziehen gibt. Aber bevor es für ihn was Ordentliches zum Anziehen gibt, schicken sie ihn zum Arzt, und dann schicken sie ihn wieder nach Hause. Ob er Witze mache, solche klapprigen Gestalten können sie bei der Bahn nicht brauchen. Es folgt ein Job auf einem Vergnügungs-

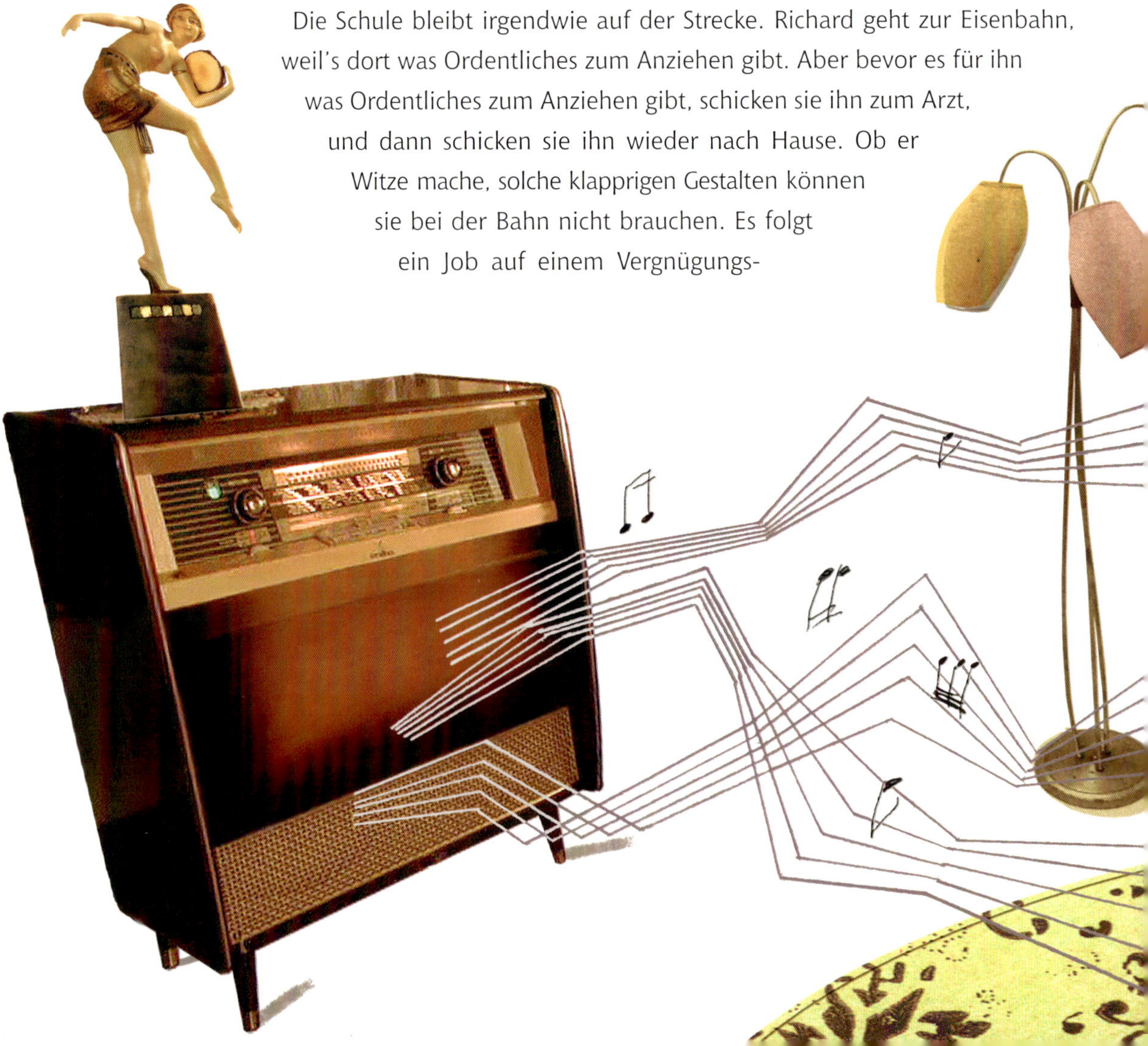

dampfer, aber weil die Army keine Lehrlinge einzieht und Richard nicht zur Army will, beginnt er bei Hunt & Sons eine Schreinerlehre, die aus unerfindlichen Gründen in eine Technikerlehre umgeändert wird. Das ist Richards letzter ordentlicher Job, aber er lernt in der Firma einen Kerl namens Roy kennen. Sie werden gute Freunde und machen alles zusammen, hauptsächlich Bier trinken und Radio hören, das war damals vor allem Radio Luxemburg. Der Empfang war schwach, aber die Musik war stark: Rock 'n' Roll.

Weihnachten ist es mit dem Trommeln auf Keksdosen vorbei: Harry schenkt Richard ein echtes Schlagzeug. Damit kann man nicht mehr zu Hause im Schlafzimmer üben. Wo dann? Ganz klar, da kommt nur eine Band in Frage. Mit ein paar Kumpels aus der Fabrik geht's los, alle spielen ungefähr gleich schlecht. Gespielt wird bei jeder Gelegenheit, geübt wird in der Mittagspause im Keller. Richard wird gut. Spielt auch mit anderen zusammen, ist nicht schwer: Alle Bands spielen dasselbe. Seine Kumpels aus der Fabrik schmeißen die Musik hin, Richard bleibt am Ball, spielt jetzt mit ‚Rory Storm and the Hurricanes', kauft sich ein Auto – mit dem Schlagzeug im Bus fahren ist auch nicht das Wahre – und schmeißt die Lehre. „Das wirst du in drei Monaten bereuen!", sagen alle, Onkel, Tanten und der Meister. – „Mir doch egal. Schlagzeug ist mein Leben."

Nicht nur Klavierspieler haben Glück bei den Frauen, auch Schlagzeuger. Rory Storm and the Hurricanes spielen im Tanzsaal des Sommercamps, die Woche für 16 Pfund pro Mann und Nase. Cool: schicke Anzüge, schwarzweiße Schuhe, Krawatten, dazu Künstlernamen: Einer heißt Johnny Guitar, Richard nennt sich Ringo – klar, trägt immer viele Ringe und sie sagen „Hey, Rings“ zu ihm. Aus Starkey wird Starr, nicht mehr Richard Starkey sondern Ringo Starr, cool, wie ein echter Star(r). Jede Woche kommen andere Mädchen ins Camp. Jede Woche bewundern andere Mädchen die Band, das Paradies auf Erden. Irgendwann kommt Ringo auch mal am Nachmittag in den Tanzsaal, sieht, wie zwei Typen mit Gitarren einem Kerl, der Stuart heißt, das Bassspielen beibringen wollen. Uncool. John und Paul heißen die beiden. Naja.

Rory Storm and the Hurricanes sind die Stars, machen sogar Tourneen ins Ausland, spielen in Frankreich, wollen erst gar nicht in Hamburg spielen, haben sie nicht nötig, na, irgendwann mal doch, kommen nach Hamburg, und wer ist schon da? John und Paul und Stuart, der mit dem Bass, dazu noch George an der Gitarre und Pete am Schlagzeug und: Die haben sich ganz schön gemacht. Sie nennen sich ‚Beatles', das ist listig und lustig weil ‚beetle' eigentlich ‚Käfer' heißt und der ‚beat', das ist der Schlag, der Rhythmus der Musik, und damit heizen sie dem Publikum ordentlich ein, ‚machen Schau' und ziehen die Matrosen und all die anderen Nachtvögel in die kleinen, schmuddeligen Clubs an der Reeperbahn.

Oft spielen die beiden Bands im Wechsel, erst Rory Storm and the Hurricanes eine Stunde, dann die Beatles eine Stunde, dann wieder die Hurricanes und so weiter, Stunden, Nächte, Wochen. Eine harte Schule: auf der Bühne das Beste geben, hinter der Bühne ein paar Stunden Schlaf, auf irgendeiner Toilette waschen und rasieren, auf der Bühne das Beste geben und so weiter. Man lernt sich kennen, spielt auch mal zusammen, nach der Show, wenn die Tanzfläche leer wird, wenn alle müde sind oder betrunken, dann spielen John, Paul und George und Ringo trommelt dazu. Allmählich wendet sich das Blatt, die Beatles sind die Stars und Rory? Rory und Ringo spielen wieder im Kinder-Sommercamp und die Beatles erobern das Cavern.

Das Cavern ist ein Jazzkeller in Liverpool, ein dunkles Gewölbe, heiß, stickig und voller Musik, und diese Musik heißt Jazz. Jazz ist ein wenig schwierig, fast immer spielt jemand ein sehr, sehr langes Solo auf seinem Instrument, dann kommt das nächste sehr, sehr lange Solo und so weiter. Wer bei den Jazzern mit Rock 'n' Roll bestehen will, muss entweder frech sein oder sehr, sehr gut. Die Beatles sind beides, sind frech, lustig und können alles. Das spricht sich rum, auch bei Brian Epstein.

Brian Epstein hat einen Schallplattenladen im Liverpooler Westend. Brian guckt sich die Beatles im Cavern an, sie gefallen ihm und er wird ihr Manager. Ein feiner Herr in Anzug und Krawatte managt ein paar Lederjacken-Lümmel, die fetzigen Rock'n'Roll spielen. Er kümmert sich um Auftritte und gibt Tipps: dass man auf der Bühne nicht essen soll und so Zeug. Außerdem kümmert er sich erfolglos um einen Plattenvertrag. Bis er in einer verschrobenen Unterabteilung einer großen Plattenfirma einen gewissen George Martin kennenlernt. Dem gefällt die Musik der Beatles ganz gut – bis auf das Schlagzeug.

John und George spielen Gitarre, Paul den Bass, Stu hat das nie richtig hingekriegt, Pete Best sitzt am Schlagzeug, aber ist nicht wirklich gut: kann den Takt nicht halten und irgendwie ist es ihm auch ein bisschen wurscht. Was tun?

Pete muss gehen. Die Beatles sind gut. Sie wollen den besten Schlagzeuger Liverpools und der heißt Ringo. Er muss sich den Bart abrasieren, die Haare wachsen lassen und darf Schlagzeug spielen. Bei der coolsten Band des Universums.

Im Handumdrehen erobern die Beatles England und dann den Rest der Welt. Mit einfachen Liebesliedern, die so sind, wie Liebeslieder sein müssen: stark, schön und schnell: „She loves you, yeah, yeah, yeah."

Sie liebt dich, ja, ja, ja.

Steven Allan Spielberg, geboren am 18. Dezember 1946 in Cincinnati, USA, ist Regisseur und Drehbuchautor – und einer der erfolgreichsten Filmkünstler unserer Zeit.

9.000 Meter Hai

Wie Steven Spielberg im Universum die Erfüllung seiner Träume findet.

Das hilft natürlich: Papa ist Elektroniker und Mama spielt Klavier. Und dann drei kleine Schwestern. Da kann man sich schön als Dorftyrann aufführen. Und jeden Quatsch machen, denn: Das Publikum wär schon mal da. Der Vater war im Krieg, er war Funker auf den schweren B 52 Bombern, ist bei der Elektronik geblieben und arbeitet bei General Electric in Cincinnati. Dann wechselt er die Firma und die Spielbergs ziehen um: von einer Vorstadt in die nächste, von Ohio nach New Jersey.

Alle Vorstädte sind langweilig. Und die in Amerika allemal, sie sind endlos und schauen alle gleich aus und alles schaut gleich aus: ein Garten ohne Zaun, in der Mitte ein flaches Haus, daneben eine Garage und daneben dasselbe: ein Garten ohne Zaun, in der Mitte ein flaches Haus und so weiter. Die Straßen sind breit, kaum fährt mal ein Auto, aber dann passiert etwas Unerwartetes … im Film. Im echten Leben eher nicht, dafür gibt's im echten Leben das Fernsehen. Im Film und im Fernsehen fahren die Väter aus den Vorstädten in die Firma. Sie sind nie da, wenn man sie braucht. Die Frauen bleiben in der Vorstadt und plappern mit den Nachbarn und Freundinnen. Das war bei Steven nicht anders, er hängt in seinem Zimmer rum, lässt seine Wellensittiche rumfliegen und alles vollkleckern, das Geklimper der Mutter nervt, die andern aus der Schule nerven, dann nervt er eben auch: wickelt sich in Klopapier ein und sieht aus wie eine Mumie, erschreckt die kleinen Schwestern, sehr witzig. Sagt, in seinem Schrank hockt ein toter Pilot, die Mädchen sind entsetzt, Steven hat seinen Spaß und ansonsten geht in der Vorstadt alles seinen Gang. Manchmal erzählt Daddy eine Geschichte. Einmal weckt er Steven mitten in der Nacht auf, packt eine Thermoskanne ein, sagt aber nicht, was los ist. Die anderen schlafen und Steven fährt mit seinem Dad los durch die stille, gespenstische Nacht. Sie kommen auf eine Wiese, plötzlich jede Menge Autos und Leute, dutzende, hunderte,

mitten in der Nacht. Alle sind aufgeregt, schauen immer wieder nach oben und dann kommt ein riesiger Meteoritenschauer, ein leuchtendes Lichtermeer, tausende Sternschnuppen blitzen am Himmel. Das war vom Wetterdienst vorhergesagt, aber der Wetterdienst ist Steven egal. Für ihn öffnet sich das Universum und die Unendlichkeit wird das Wohnzimmer seiner Träume. Das Universum wird einmal sein Arbeitsplatz werden und das Werkzeug ist schon da, es heißt Super Acht.

Super-Acht ist ein Filmformat, die Filme sind 8 Millimeter breit. Papa Spielberg hat so eine Super-Acht-Kamera, das war damals der letzte Schrei und viel schicker als Fotos knipsen: Kleine Filmchen von der Familie: lächeln auf der Luftmatratze, grübelnd in die Linse gucken, fröhlich auf dem Waldweg winken. Es gab noch keine Camcorder, keinen Ton und die meisten Filme waren falsch belichtet, unscharf und verwackelt. Nicht so bei Steven: Der einwandfrei gedrehte Zusammenstoß zweier Züge war in Wirklichkeit

eine Modelleisenbahnkatastrophe, brachte aber Anerkennung und lobende Worte aus dem Kreis der Familie. Wie überhaupt die ganze Filmerei sich wie von selbst in den Mittelpunkt drängt, da ist Aufmerksamkeit und Applaus gewiss und das gefällt, besonders Steven. Für ihn ist es beschlossene Sache, zum Film zu gehen, Hollywood ruft, das hat er längst gehört. Die Spielfilmproduktion startet mit einem dreiminütigen Western namens ‚Die letzte Schießerei', bei der die Kids aus der Pfadfindergruppe eine Postkutsche überfallen. Es folgt ein 15-minütiger Kriegsfilm, ‚Flucht ins Nirgendwo', auf der mit viel Mehl die Explosionen den Feind zermürben. Es raucht und nebelt wie im echten Krieg, und Steven findet allmählich Gefallen daran, die Leute herumzukommandieren, Hauptrollen zu vergeben und sich so Freunde zu machen und wichtig zu werden. Der nächste Film ist schon 40 Minuten lang.

Wer große Filme machen will, muss in die Studios. Die kann man besichtigen. Auf so einer Besichtigungstour kann man die Drehorte berühmter Filme bestaunen und durch die Kulissen krabbeln. Wer mehr will, muss sich von der Tour davonstehlen und irgendjemanden finden, der ein Nachwuchstalent sucht. Steven hat das so gemacht, aber keinen gefunden, der für seine Sache mehr übrig gehabt hätte als ein paar kluge Ratschläge nach dem Motto: „Hübsch, mach weiter so!"

Steven macht weiter so. Er leiht sich von seinem Vater 400 Dollar und dreht einen 140-minütigen Sciencefiction-Film. Dafür muss am Flughafen die Rollbahn gesperrt werden, wichtige Szenen spielen in der Notaufnahme im Krankenhaus. Steven setzt das alles durch, er überredet die Leute, begeistert sie, zieht sie mit und ist selber begeistert, ist besessen von der Filmerei und steckt mit seinem Schwung und seiner Laune die andern an. Dann bekommt er seine Chance: Denis Hoffman, der eine kleine Firma für Filmeffekte betreibt und nebenbei Manager einer noch kleineren Popgruppe ist, gibt Steven Spielberg Geld. ‚Amblin' soll der Film heißen, ‚Schlendern'. Die kleine Popgruppe liefert die Hintergrund-Musik, geredet wird im Film nicht, das spart Kosten und ist ja irgendwie auch nicht besonders wichtig, wenn sich ein Junge und ein Mädchen in der Wüste treffen und zum Pazifik trampen. Für diese kleine Reise gibt Steven viel mehr Geld aus, als er eigentlich hat, aber am Ende zählt die Leistung, und die kann sich sehen lassen – Steven Spielberg erhält bei den Universal-Studios als jüngster Regisseur der Geschichte einen Siebenjahresvertrag. Aber Universal steckt in der Krise, das Fernsehen macht dem Kino zu schaffen und aus der großen Filmkarriere wird ein Fernseh-Handwerker: Spielberg dreht hier eine Folge für jene Serie und dort eine Folge für eine andere. Da werden keine Künstler verlangt und keine neuen Sichtweisen, sondern Routine. Und so kriegt man die auch. Und wenn man Glück hat, bekommt man auch irgendwann mal ein ordentliches Drehbuch. Steven kriegt das ‚Duell'.

In jedem einigermaßen ordentlichen Action-Film gibt es ein Autorennen. ‚Duell' ist eigentlich nur ein Autorennen, aber eines, das es in sich hat: Ein Mann fährt da in seiner Klapperkiste, überholt einen Lastwagen und der verfolgt ihn dann. Warum, weiß keiner, aber es ist aberwitzig wahnsinnig spannend. Der Film wird ein satter Erfolg und Spielberg ist ein gemachter Mann. Jetzt heißt es am Ball bleiben. Spielberg dreht seinen zweiten Spielfilm: ‚Sugarland-Express'.

Ein guter Film mit einer großen Schauspielerin, guten Kritiken und wenig Zuschauern. Das ärgert Spielberg, er will Erfolg. Dann kommt der Hai.

Den will Spielberg eigentlich nicht, irgendwie eine gute Story, aber – einen ‚Tierfilm' drehen? Die Geschichte wird umgeschrieben und zurechtgestutzt. 9.000 Meter Film von Haien werden sortiert, Haie in allen Schwimm- und Lebenslagen für den Schnitt zwischendrin und für das Drama auf dem Meer gibt's einen Kunststoffhai mit viel moderner Technik im Inneren, ein hübscher Drehort wird gefunden und die Schauspieler dazu. Dann geht's los und alles geht schief. Das Wetter, die See, die Kameras gehen über Bord und hie und da auch einer von der Crew. Irgendwann wird der Film fertig. Mit ihm hat Spielberg Kinogeschichte geschrieben: ‚Der weiße Hai'. Ein schrecklicher, grauslicher Film, der einem die Freude am Baden gründlich verdirbt. Für das Kino aber war er der Anfang einer neuen Zeit. Mit aufwändigen, teuren und perfekt in Szene gesetzten Produktionen werden die Leute wieder ins Kino geholt. Mit ‚E.T.', ‚Zurück in die Zukunft', ‚Indiana Jones' und ‚Jurassic Park', mit Filmen, die mit den Worten beginnen: „Ein Steven Spielberg-Film".

Margarete Steiff, geboren am 24. Juli 1847 in Giengen an der Brenz, gestorben am 9. Mai 1909 ebenda, Begründerin der Spielwarenfabrik Steiff, hat Kleider und Stofftiere genäht und ist mit ihren Teddybären weltberühmt geworden.

Knopf im Ohr

Wie Margarete Steiff mit fröhlicher Entschlossenheit Teddybären näht.

‚Impfen ist süß, Kinderlähmung ist grausam', das haben sie vor 50 Jahren den Kindern erzählt, und natürlich den Eltern. Und dann hat man die Bilder gesehen: die Menschen, eingepackt in Metalltonnen, und nur der Kopf hat rausgeschaut – die Eiserne Lunge, für die, die es ganz besonders schlimm getroffen hatte. Furchtbar. Dann ist ein Impfstoff entwickelt worden und der wurde damals nicht einfach mit der Spritze in den Oberarm gepiekt, sondern auf ein Stück Würfelzucker geträufelt – impfen ist süß. Damit waren die Kinder vor der Krankheit geschützt. Das war vor 50 Jahren.

Von da müssen wir noch mal gut hundert Jahre zurückmarschieren, denn hier beginnt unsere Geschichte: Am 24. Juli 1847 wird Appolonia Margarete Steiff geboren. Mutter und Kind sind wohlauf und die kleine Margarete gedeiht.

Dann gibt's Schwierigkeiten, irgendetwas stimmt nicht mit dem Kind. Die Beine sind kraftlos und finden keinen Halt, sie können den Körper nicht tragen, auch die Arme versagen ihren Dienst – Kinderlähmung! Das linke Bein bleibt ganz gelähmt, für immer. Auch das rechte bleibt schwach und kraftlos. Die Lähmung in den Armen bessert sich, aber den rechten Arm wird Margarete nie richtig nutzen können.

Das ist für eine kleine schwäbische Familie, die gerade mal so über die Runden kommt, eine Katastrophe. Für Margarete aber schon dreimal kein Grund, auch noch den Kopf hängen zu lassen. Natürlich ist das ein Problem, das nicht mitlaufen Können mit den anderen, das nicht um die Wette hüpfen und hinter den Kutschen und Katzen herjagen Können, das Angebundensein an einen Platz, auf dem man gerade sitzt oder abgestellt worden ist – ja, das ist ein Problem. Aber die sind ja bekanntlich zum Lösen da und da hat sich die Grete, wie sie genannt wird, eine bärbeißige Fröhlichkeit zurechtgelegt, dass eigentlich keiner anders kann, als das kleine, schlappe, aber dann auch so lustige, plapperhafte Bündel mitzuziehen – im Leiterwagerl. Mutter setzt sie morgens ab, in den kleinen Wagen auf die Straße. Dann kommen die anderen. Margarete kennt natürlich wieder ein neues Spiel, das so geht, dass sie die Spielleiterin ist, und die anderen müssen um sie herum und mit ihr und nichts geht ohne sie, da ist sie pfiffig und clever. Und wenn wirklich nichts mehr geht, im Spätsommer, wenn die Mädels und Buben auf die Felder gehen und bei der Ernte helfen, gibt's eben einen neuen Job – Babysitter. Dann setzen die Mütter ihre Kleinen, die ganz Kleinen, zur Margarete mit ins Wagerl und sie passt schön auf, trällert ein Lied und bringt die Quengelköpfe zum Lachen.

Vater und Mutter sind voller Sorge. Was soll aus Margarete werden? Gibt es Heilung? Und wenn ja – wo? Bei wem? Ist vielleicht ein Kraut gewachsen, und wenn ja – was kostet es? Im fernen Ulm soll ein gescheiter Mann sein, der sich aufs Heilen versteht.

Der Vater kratzt das mühsam Ersparte zusammen und macht sich mit der kranken Tochter auf die beschwerliche Reise. Die Untersuchung dauert lange, der Befund ist nach wie vor eindeutig: Kinderlähmung, da ist nichts zu machen. Margarete hat eigentlich nichts anderes erwartet, findet die Reise aber trotzdem unterhaltsam und die Bratwurst in der ‚Goldenen Gans' ganz ausgezeichnet.

Mit den anderen Kindern geht Margarete in die Schule. Nein, sie geht nicht, sie wird geschoben – im Rollstuhl – und die Treppen hinauf und hinunter getragen. Die Schwestern helfen, Nachbarn, Freunde, geschont wird sie nicht: Noch nicht mal rumrutschen darf sie am Boden, sagt die Mutter, das ruiniert die Kleider. Hat genug Arbeit, die Mutter, Arbeit ist ihr Leben, Freude kennt sie nicht, der Haushalt, die Kinder zehren sie auf und das Geschäft des Vaters.

Der findet einen neuen Arzt. Margarete bleibt viele Wochen in dem Haus des Arztes, geht auf Kur – Wasserspiele, weil es so schön trägt, das Wasser. Viel Spaß, aber, wie sie später schreibt, „die Glieder haben sich nicht im Mindesten gebessert", der Rollstuhl bleibt.

Und der ist ja auch lustig, für die anderen. Kann man sich hinten mit draufstellen und den Berg runterrauschen, und Margarete ist ja nicht ängstlich. Kommt, was kommen muss: Der Bub hinten passt nicht auf, der Rollstuhl saust los und mit Karacho den Hang hinunter, überschlägt sich, Margarete fliegt raus, bricht sich das Bein. Was normal schnell heilt, dauert bei Margarete doppelt lang, ewig im Bett und dann reicht's ihr: Schluss mit Kuren und Hoffen und Heilen, wo's nichts zu heilen und hoffen gibt. Kinderlähmung ist das eine und Behandlungen und Ärzte, die nichts ändern, sind das andere. Und das kann man dann auch sein lassen, beschließt Margarete, das macht dann auch den Kopf frei.

Da ist sie siebzehn und geht zur Nähschule. Nähen kann sie auch nicht richtig, weil sie keine Kraft in den Händen hat, aber mit der Zeit und einem ordentlichen Dickkopf kommen Übung und Geschick und bald auch eine Nähmaschine. Die kann die Grete nicht bedienen, weil die Kraft nicht reicht, das Rad rechts anzutreiben, macht aber nichts, die Maschine wird umgedreht, mit dem Rad auf der linken Seite klappt es dann umso besser.

Margarete Steiff wird eine geschickte Schneiderin. Sie näht für Nachbarn und Freunde und die Verwandtschaft, das Elternhaus wird zur Schneiderei. Die Kunden werden mehr und das Haus zu eng. Der Schneiderbetrieb bekommt ein eigenes Gebäude und eine Handvoll Näherinnen näht Filzröcke am laufenden Band. Die Chefin sitzt im Rollstuhl und kümmert sich um ein bald gar nicht mehr so kleines ‚Filz-Versandt-Geschäft von Gretchen Steiff in Giengen a. Brz', in Giengen an der Brenz.

Doch damit nicht genug.

Wer näht, macht Mode, muss darauf achten, was läuft, was schick ist, was die anderen mögen. Da hilft die ‚Modewelt', eine Zeitschrift, die das Gretchen gelegentlich durchblättert, nicht begeistert, weil der Grete das Modische nicht so liegt, aber was soll's. Sitzt sie da und blättert und ihr Blick fällt auf einen kleinen, grauen Stoffelefanten, als Nadelkissen gedacht, nett und nützlich und Weihnachten steht vor der Tür. Da wird nicht lang gegrübelt, flink ist so ein Tier aus Filz zusammengenäht, und weil's gefällt, noch eines, und dann noch eines und noch eines. Da lässt sich was draus machen: keine Nadelkissen, sondern Spielzeug. Die Elefanten bleiben nämlich nicht bei den Müttern im Nähkasten, die Kinder wollen mit ihnen spielen. Heute nennt man so etwas Nachfrage von einer jungen Zielgruppe. Diese Nachfrage wird bedient und das Angebot wird erweitert: Ein Kätzchen kommt dazu, verschiedene Hunde, ein Schwein, Vögel, Mäuse und Hasen. In den Kinderstuben kommt zum scharfkantigen Blechspielzeug, zu Holzbaukasten und Porzellanpuppe etwas ganz ungewöhnlich Neues: etwas Liebes und Weiches – ein Schmusetier. Innen Wolle, außen Filz, Augen, Nase, Knopf im Ohr, das Steifftier ist geboren.

Nur der Bär hat's schwer.

Den mag keiner, der ist teuer, weil das Fell plüschig sein muss und die Augen echt, nicht gestickt, der braucht schöne Glasaugen, und die müssen fest vernäht werden. Und die Arme und Beine, die Pfoten müssen sich bewegen. Das kostet und den kauft keiner – armer, dicker Bär.

Dann kommt ein Amerikaner. Sieht den Bär, gefällt ihm, will er 3.000 Stück von haben – und gibt ihm einen Namen. Theodor heißt der Oberamerikaner, der Präsident, Theodor Roosevelt. Und weil der Herr Präsident gerne auf Bärenjagd geht, wird der kleine weiche Wuschelbär, der von der Margarete Steiff, der mit dem Knopf im Ohr, auch so genannt. Nicht Theodor, sondern wie sie den Theodor alle nennen – Teddy.

So heißt er jetzt und sitzt in deinem Zimmer: der Teddybär.

Artur Fischer, geboren am 31. Dezember 1919 in Waldbachtal im Schwarzwald, hält über 1000 Patente und fast 6000 Schutzrechte. Er hat Dübel, Blitzlichtgeräte und Spielzeug erfunden. Ganz klar: einer der erfolgreichsten Erfinder weltweit.

Was hängt an der Wand?

Wie Artur Fischer sich durchbeißt, alles Mögliche repariert – und tausend Dinge erfindet.

Was hängt an der Wand, macht ticktack und wenn's runterfällt, ist die Uhr kaputt? Fällt aber nicht runter. Bleibt hängen, weil alles passt, sitzt und Luft hat. Kein krummer Nagel, der rausbröselt, sondern fast noch einfacher: Schraube und Dübel. Kennt jeder, es stecken mindestens drei in jeder Wand, zwölf in jedem Zimmer: die Dübel, die grauen Fischer-Dübel. Wo kommen sie her? Aus dem Baumarkt. Seit wann? Hier eine kleine Geschichte.

Es war einmal im Schwabenland ein armer kleiner Schneider. Kein Märchen, es ist wirklich wahr: Der Schneider Georg Fischer hat die Pauline Pfleiderer geheiratet. Da gibt's nicht viel zu lachen, weil's auch nicht viel zu schneidern gibt in einem kleinen Bauerndorf. Die Bauern tragen die Nase gern ein wenig hoch, haben immer was zu essen und der Schneider kann froh sein, wenn er mal drei Anzüge im Jahr verkauft bekommt, für einen 18 Mark, denn leider muss er das Futter selber zahlen. Aber: Dafür stecken die Schneidersleut am Sonntag zum Kirchgang in sauber gebügelter Wäsche und die Schuhe sind gecremt und poliert. An Silvester kommt der kleine Artur auf die Welt, das ist jetzt auch schon eine gute Zeit her.

Der Vater ist wie alle Väter: streng. Und die Mutter ist – wie alle Mütter: nein, sie ist nicht einfach sanft, sie weiß schon, wo's langgeht und weiß auch was sie will: am Haus einen Erker und einen ordentlichen Bürgersteig vor dem Haus. Artur bastelt. Und die Mutter steht bei. Hilft, wenn's nicht weitergeht. Mit dem Mühlrad im Bach, mit dem Propeller beim Flugzeug. Das sind keine Baukästen, wo man einfach was zusammenschraubt. Das sind Kunstwerke aus Brettchen, Draht und Nägeln. Dann kommt der echte Baukasten – ins Schaufenster. Artur muss kleine Einkäufe machen in der nahen Stadt, muss Schrauben besorgen und Kleinkram für die

Bauern. So verdient er sich ein paar Pfennig dazu. Und da sieht er ihn, den Märklin-Baukasten im Schaufenster. Für satte vier Mark fünfundneunzig. Das ist eigentlich unerschwinglich, aber andererseits eigentlich auch unentbehrlich, das muss her. Die Mutter stellt das klar: Der Kasten kostet fünf Mark, das geht wirklich nicht. Artur korrigiert: kostet nur vier Mark fünfundneunzig. An Weihnachten liegt der Kasten unter dem Weihnachtsbaum und ein Traum wird wahr.

Die Schule ist kein Traum. Artur ist einer von drei Burschen aus dem Dorf, die auf die Realschule kommen. Fünf Kilometer hin und fünf zurück, auf einem Fahrrad, das für Riesen gemacht ist, also für die Erwachsenen. Aber wer als Kind mit so einem Trumm durch die Gegend wackelt, hat einen Großteil an Aufmerksamkeit schon in den Weg zur Schule gesteckt. Im Klassenzimmer am Fenster steht ein dickes Aquarium. Artur möchte auch ein Aquarium, aber das kostet. „Musst dir halt selber ein's bauen", sagt der Lehrer, „brauchst ein paar Winkeleisen und vier Glasscheiben, wenn's Wasser drin bleibt, bleiben die Fische auch drin. Und für die Heizung nimmst du vier Glasröhrchen, die gibt's beim Apotheker, der verlangt eine Mark für's Röhrle, aber des is zu viel, da zahlst' nur fünfzig Pfennig!"

Genauso muss es dann natürlich auch kommen. Der Apotheker legt die vier Glasröhrchen auf den Tisch und was will er? Eine Mark für's Röhrle. Und was macht Artur? Zahlen und ein Aquarium bauen oder vielleicht doch einen kleinen Handel probieren? Aber wenn der Apotheker nicht will, dann kann er dumm dastehen, andererseits: einfach zahlen und dumm vor dem Lehrer stehen? Er nimmt also allen Mut zusammen und …

Im Nachhinein betrachtet kann es natürlich sein, dass die beiden sich abgesprochen haben, der Lehrer und der Apotheker. In so einer Stadt in so einer Zeit, da kennt jeder jeden, und der Herr Apotheker den Herrn Lehrer allemal. Vielleicht wollten die beiden dem Artur nur zu seinem Aquarium verhelfen, vielleicht wollten sie ihm auch nur sagen: Beiß dich durch! Artur Fischer jedenfalls hat nur zwei Mark bezahlt für die vier Glasröhrchen und es wird ihm eine Lehre. Aber welche?

Die Schule jedenfalls ist nicht sein Ding. Für das Schulgeld muss die Mutter bügeln gehen, bis ihr die Handgelenke schmerzen. Artur befreit sie von der Arbeit und sich gleich mit: Er schmeißt die Schule. Er denkt, das muss auch ohne gehen. Mal sehen.

Lehrjahre. Artur packt seine sieben Sachen in einen Persilkarton und zieht in die große weite Welt. Die heißt in Schwaben Stuttgart. Artur lernt in einer Schlosserei, da wird ihm nichts geschenkt. Die Arbeit ist hart, die Stadt fremd. Artur hat Heimweh, will nach Hause, zu den Freunden, zur Familie, in sein kleines Dorf. Irgendwann mal schreibt er eine Postkarte: „Liebe Eltern, ich komm zu Fuß nach Haus." Die Antwort ist ernüchternd: „Mein lieber Sohn", steht da, „du kannst nach Hause kommen, aber du musst sofort wieder zurück nach Stuttgart. Dein dich liebender Vater". Die Liebe kann man sich auch anders vorstellen. Und die Mutter, was sagt die? „Das wirst du später verstehen", sagt sie. Das sagen sie immer, die Großen. Aber: Kann man das überhaupt verstehen? Und: Kann man so lange warten? Die Sache mit dem Heimweh jedenfalls hat sich gelegt. Auch ein Erfolg.

Im Krieg wäre Artur gerne Pilot geworden, aber die nehmen keine Brillenträger. Dafür repariert er die Flugzeuge. Dafür wiederum wird er nach dem Krieg in ein Gefangenenlager gesteckt und da büchst er dann aus. Und weil im Krieg erstmal alles kaputt gemacht wird, gibt's nach dem Krieg viel zu reparieren – für die, die überlebt haben. Artur Fischer schweißt, schraubt, zwickt, wickelt und lötet in Dr. Rössgers elektrotechnischer Werkstatt alles, was das Land jetzt braucht: Sicherungen, Lampen, Waschmaschinen, Feuerwehrautos und Röntgengeräte, eine schöne Zeit. Dann ist die schöne Zeit vorbei: Ein neuer Meister kommt. Und Artur Fischer geht.

Hat Pläne. Große Pläne. Eine eigene Firma, etwas erfinden, ein Erfinder werden, das wär's. Zunächst muss weiter repariert werden. Fischer hat jetzt selber eine kleine Werkstatt. Repariert und erfindet. Feuerzeuge, Schalter, und dann: das Blitzlicht. Nicht dass es vorher kein Blitzlicht gegeben hätte, aber glücklich waren die Fotografen nicht damit: Das blitzte meistens wann und wo es wollte und nicht, wie der Fotograf es gern hätte. Also musste jener sich um das Blitzlicht kümmern und das hat man dann den Fotos auch angemerkt. Artur Fischer hat den Foto- und Blitzauslöser zusammengelegt und das hat er sich auch schriftlich geben lassen: Fortan blitzten die Blitze im richtigen Moment und herstellen durfte diesen Synchronblitz nur eine kleine Werkstattfabrik in Hörschweiler im Badischen, seine kleine Fabrik – Artur Fischer hat's geschafft. Dann kommt das Krokodil. Das hat Zähne. Und die braucht es, wenn es zupackt – und nicht mehr loslassen will. Schrauben müssen so ähnlich sein, oder besser: die Dübel für die Schrauben. Die Dübel müssen die Schraube packen und dürfen sie nicht mehr loslassen. Zuerst haben die Dübel Artur Fischer nicht mehr losgelassen, da hat er probiert und gesägt und gekerbt und rumgetüftelt.

Pleiten gab es, Pannen, mittelgute Lösungen und bessere, und dann war er da, der Fischer-S-Dübel, mausgrau, bissig, Plastik und einfach perfekt. Zu Millionen hat er die Wände der Welt erobert: die Wohnzimmer-, Küchen-, Keller- und Kinderzimmerwände, in jeder Wand stecken mindestens vier Stück. Dann hat Artur Fischer noch eins draufgesetzt: Die Fischertechnik kam, und zum Schluss: Kleine Spiel-Bausteine zum Basteln, Kleben, Bauen und Malen – und zum Essen: Fischertip. Bauklötze essen: Da muss man erstmal draufkommen!

PS: Zur Ernährung empfehlen wir eher etwas anderes: Fischstäbchen und Kartoffelbrei. Aber wer einen Tip probieren will – schadet nix.

Justus von Liebig, geboren am 12. Mai 1803 in Darmstadt, gestorben am 18. April 1873 in München, hat ohne Abitur studiert und die Chemie als echte Naturwissenschaft begründet.

Der Experimentator

Wie Justus von Liebig mit sturer Entschlossenheit den Gelehrten die Chemie um die Ohren knallt.

Früher – ganz früher – gab's keine Chemie, da gab's nur *Alchemie*. Jeder weiß, was so ein Alchemist ist, da ist es nicht weit zum Zauberer und Hexenmeister. Fledermäuse, brodelnder Dampf und giftige ‚Substanzen'. Ja, das haben alle diese Giftmischer und Wundermacher in ihren Laboratorien: fremdartige Wörter und Buchstaben mit Zahlen, hübsch durcheinander gemischt wie ihr saures Gebräu: ‚Substanzen' und ‚Substrate' gibt es da und ‚Salpeter'. Was ist das? Substanz ist das, woraus eine Sache besteht, und das ist bei der Chemie natürlich sehr wichtig. Eigentlich ist das schon die ganze Chemie: woraus die Sachen bestehen und was man damit machen kann, wenn man … Wenn man zum Beispiel Salpeter und Holzkohle und noch etwas anderes zusammen tut, alles fein gemahlen und schön gemischt, dann knallt es. Das macht Eindruck. In ein Rohr gesteckt und eine Kugel drauf, das macht dann eine Kanone; das Salpetergemisch heißt Schwarzpulver oder – damit man gleich weiß, worum's geht: Schießpulver. Ein klein wenig von dem Pulver zu einer kleinen Kugel gedreht gibt eine Knallerbse, die macht auch Eindruck. Zum Beispiel auf dem Jahrmarkt.

Heute gibt es auf dem Jahrmarkt hauptsächlich wilde Karussells und Bierzelte. Früher gab es kein Fernsehn, kein Telefon und kaum eine Zeitung. Alles Wichtige konnte man aber auf dem Jahrmarkt bestaunen: Männer, die Hufeisen in der Hand zerdrücken, Frauen ohne Unterleib, Riesenschlangen und: Chemie. Da wurden Wundermittel angepriesen, Salben gegen das Altwerden und tausend Krankheiten, Wässerchen, die für Kindersegen sorgen und alles Mögliche, was stinkt, kracht und Wunder wirkt. Justus hat das gut gefallen. Es war ihm auch nicht unbekannt: Sein Vater, der alte Liebig, hatte ein kleines Geschäft mit ‚Material', so nannte man

das damals: Farben und Lacke, Öl und Leim, Seife, Wachs und Salze, Schuhcreme. Das hat er verkauft, der alte Liebig, aber nicht nur das, er hat's auch selber ausprobiert, zusammengemixt, rumexperimentiert. Er hatte ein kleines Labor, hat geköchelt, gebastelt, getüftelt und Justus hat ihm über die Schulter geguckt. Wie das geht mit der Chemie. Mit den Knallerbsen zum Beispiel.

Und wie das geht mit dem Erbsenpüree. Gute Köche kommen aus Frankreich und der Darmstädter Hofkoch allemal. Und weil Justus Französisch lernen soll, kommt er um die Hofküche nicht herum. Da riecht's lecker, da wird gebrutzelt und gebraten, gemalen, gestoßen, gesiedet und geseiert. Da geht die Hefe, da schwitzt das Mehl und der arme Fisch gart blau im sauren Sud. Da gibt es Rezepte und Geheimnisse, Dampf, Hitze und Gemüse, Salate und Maronen; der Rest steht in den Büchern. Justus liest sie alle, die Chemischen Wörterbücher und Basilius Valentinus, den König aller Alchemisten und Cavendish, der den Wasserstoff entdeckte. Aber keine alten Griechen. Die gibt's im Gymnasium. Und die will er sich nicht merken, kriegt sie nicht in den Kopf, nein, die nicht.

1817 geht Justus von Liebig vom Gymnasium, da ist er 14 Jahre alt. Sein Vater steckt ihn zum Apotheker in die Lehre. Eigentlich wunderbar für einen, der Pulver liebt, Salben, Kräuter und Tinkturen. Eigentlich. Aber Justus geht nach kurzer Zeit. Lernt er nichts? Weiß er längst alles? Das eine weiß er jedenfalls: dass er Chemiker werden will und nicht Apotheker. Und Chemie muss man studieren. Wo? An der Universität und zwar in Bonn, bei Prof. Karl Wilhelm Gottlob Kastner.

Ohne Abitur studieren, früher ging das, da drückt der Herr Professor ein Auge zu und Liebig ist ja auch kein Unbekannter: Der Vater hat Artikel geschrieben, über die Sommergerste, das Düngen und über Gas, das man aus Knochen gewinnt. Und Justus ist schon ein cleverer Experimentator, mischt Erze und Kalk und Farben und Salz; eine Unze von diesem – so heißt das feine Gewicht – und fünf Tropfen von jenem. Kastner ist begeistert vom fleißigen Schüler und Liebig lernt experimentelle Chemie und Physik, lernt den Aufbau der Gesteine kennen, das Wetter, die Heilkunde. Der alte Kastner träumt. Malt ein Bild der Welt, wo alles seinen Platz hat, die Chemie ist ein Teil davon, Teil eines großen, wunderbaren Ganzen. Für Hungersnöte denkt er sich ein Rezept aus: Süppchen aus Blumenwurzeln gegen Hunger! Liebig weiß, was man machen muss – düngen! Und den Dünger kann man herstellen, produzieren. Er ahnt, was alles geht mit der Chemie, wenn's um das Essen geht, die Ernährung und die Lebensmittel, weiß, was man machen kann – könnte. Aber keiner tut was. Statt Wissenschaft: abgestandenes Gerede über Gott und die Welt. Was ist das Geschäft des Chemikers? Die Analyse – zunächst mal ordentlich rauskriegen, worum's hier eigentlich geht. Ordentlich! Dazu braucht es ein – ordentliches! – Laboratorium, in dem man die Analyse lernt, keine Küche mit ein paar alten Öfen zum Metalle schmelzen und Pillen drehen.

In Liebigs Augen ist die chemische Ausbildung und Forschung ein einziger Skandal. Wie ja alle Studenten ihre Universität und das ganze Drumherum als hoffnungslos veraltet ansehen und wenn's nach ihnen ginge, dann wüssten sie schon … Da vergisst dann mancher Student, was sich gehört und wird mitunter respektlos. Auch Justus Liebig. Im Polizeibericht liest sich das so: „… war in der Silvesternacht bei dem Unfug besonders tätig, an den beleidigenden Äußerungen gegen obrigkeitliche Personen vorzüglich teilgenommen, auch dem Polizeiwächter Schramm, ja sogar dem Herrn Rechtsrath Heim die Hüte vom Kopf gestoßen …“ Das macht für Liebig erstmal drei Tage Gefängnis, später wird's ernst: Die Staatsgewalt bügelt eine Studentendemonstration mit Waffengewalt nieder, Hausdurchsuchung, Liebig flieht zurück ins heimatliche Darmstadt, bekommt dort von der Polizei Hausarrest.

Was ein ordentlicher Student ist, der weiß nicht nur, dass die eigene Universität schlecht ist, der weiß auch, wo sich gut studieren lässt. Liebig geht nach Paris. Was dort in Frankreichs Hauptstadt gelehrt wird, übt – wie er später sagt – einen unbeschreiblichen Reiz auf ihn aus. Die Einführung der mathematischen Methode in die Chemie, welche jede Aufgabe womöglich in eine Gleichung verwandelt, wo begründete Zusammenhänge gesucht und gefunden werden – die dann Erklärung oder Theorie heißen, das war in Deutschland unbekannt. Und das wird Liebigs Ziel. Er ist stur und weiß, was er will, zimperlich ist er nicht. Mit 21 Jahren wird er Professor und sticht die anderen Bewerber aus. Hat kein Geld, aber ein Labor. Und wer die anderen aussticht, hat bald Geld. Liebig organisiert den Unterricht neu, wird Star, ein Star der Wissenschaft, auch das ist neu. Gutes tun und sehr laut drüber reden, vielleicht auch mal etwas Abfälliges über die Herrn Kollegen äußern. Das gehört zum Geschäft.

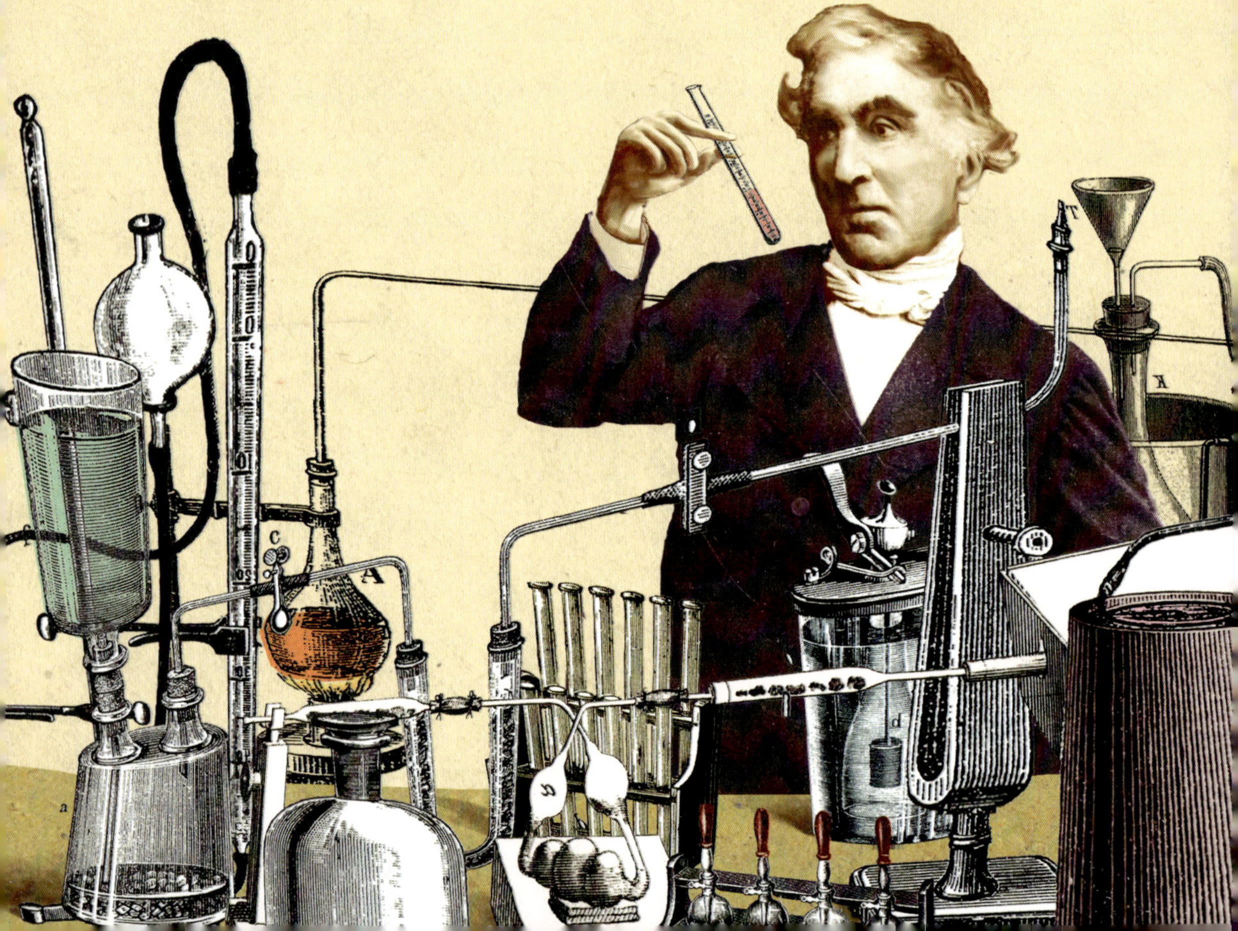

Justus von Liebig hat die Chemie als echte Wissenschaft, als Naturwissenschaft aufgestellt, die Ausbildung, die Forschung; mit ihm und seit ihm geht beides Hand in Hand. Er hat die chemische Analyse entwickelt, er war der große Experimentator. Er hat die Pflanzen analysiert und ihre Nahrung, die Tiere und die Ernährung des Menschen. Er hat den Stoffwechsel untersucht und was da chemisch vor sich geht. Hat dieses Wissen unter die Leute gebracht, hat dafür gekämpft: was nottut, was man machen kann, weil man Bescheid weiß und die Natur versteht. Draußen auf den Feldern wächst mittlerweile genug, da müsste keiner Hunger leiden, und Liebig schon gar nicht. Für ihn hat sich das Ganze gelohnt, obwohl er geschäftlich gar nicht so viel auf die Beine gestellt hat. Bis auf sein Fleischextrakt. Das gibt's heute noch, ‚Liebig's feines Fleischextrakt', kostet 26 Euro und gibt's bei … – nein, das wird jetzt nicht verraten, soll ja keine Werbung sein.

Jean-François Champollion, geboren am 23. Dezember 1790 in Figeac, gestorben am 4. März 1832 in Paris, konnte 12 Sprachen, war ein französischer Sprachwissenschaftler und hat sämtliche Hieroglyphen des ägyptischen Alphabets entschlüsselt.

Ich krieg das raus!

Wie Jean-François Champollion besessen rätselt, kniffelt und knobelt, bis er alles entschlüsselt.

Das klingt jetzt wie eine wahnwitzig ausgedachte Geschichte, ist aber wirklich wahr, ich schwör es: Also, die Frau vom Buchhändler Champollion war gelähmt, völlig gelähmt, keine Bewegung, nichts. Der Vater, verzweifelt, weil kein Arzt was ausrichten kann, holt einen (man traut sich's kaum zu sagen!) – holt einen Zauberer. Der empfiehlt heiße Kräuter und heißen Wein, sagt, die Kranke wird bald aufstehen, außerdem ein Kind bekommen, einen Buben und der wird weltberühmt.

Natürlich ist alles genauso gekommen. Nach drei Tagen konnte die Kranke aufstehen und am 23. Dezember 1790 erblickt der kleine Jean-François Champollion das Licht der Welt. Der Glaube versetzt eben Berge und der kleine Jean-François versetzt die Familie in Staunen: Wenn ihm die Mutter am Abend aus der Bibel vorliest, kann er das gleich auswendig hersagen – einmal vorgelesen und schon im Kopf. Mit fünf kann er lesen und schreiben, das hat er sich selber beigebracht, und das ist auch gut so: Es gibt keinen ordentlichen Schulunterricht, es gibt Aufstand! Der Sturm der Französischen Revolution dringt bis nach Figeac, wo der alte Champollion in seinem kleinen Laden dem einen oder anderen Zuflucht gewährt, darunter auch einem Pfarrer, dem die Aufständischen arg zusetzen; er wird der erste Lehrer von Jean-François.

Um die Wahrheit zu sagen: Das kleine Wunderkind war eher faul – bis auf die Sprachen, aber die sind ihm wie von selbst zugeflogen: Mit zwölf Jahren beherrscht er Latein, Griechisch und Hebräisch, und er schreibt auch sein erstes Buch: Das Leben berühmter Hunde; leider ist es nie veröffentlicht worden. Sein Bruder Jacques arbeitet beim Bürgermeister von Grenoble, Joseph Fourier, einem weit gereisten und gebildeten Mann, einem Wissenschaftler, der den

Kaiser Napoleon auf seinem Feldzug nach Ägypten begleitet hat. Später wird Fourier Sekretär des Ägyptischen Institutes in Kairo und eine hübsche Auswahl ägyptischer Fundstücke wandert in seine Wohnung nach Grenoble. Diese Sekretäre!

Diese Schätze bekommt auch der kleinen Champollion zu sehen. Sein großer Bruder hat ihn in Grenoble in die Schule gesteckt, hat gemerkt, was für ein außergewöhnliches Talent er hat bei den alten Sprachen und dass er zu Hause nichts Ordentliches lernt. Der große Bruder kümmert sich um seinen kleinen Bruder und so staunen sie jetzt in der Wohnung des Bürgermeisters über die wunderbaren alten Fundstücke, die von Napoleons Männern zwischen Felsbrocken, zerfallenen Tempelanlagen und jahrtausende altem Gemäuer aufgelesen wurden. Überall sind merkwürdige Zeichen drauf – Wellen und sonderbare Federn, Menschen von der Seite, Vögel und einfache Formen: Ovale, Kreuze, Krakel, aber auch Werkzeug, Augen, eine Schlange, Striche, und alles schön in Zeilen, wie Buchstaben geordnet, gleichmäßig. „Das sind die heiligen Zeichen", sagt der alte Fourier, „die Schrift der alten Ägypter. Aber keiner kann sie lesen. Ihre Bedeutung ist so dunkel wie das Grab des Pharao, das Geheimnis wird wohl niemals entschlüsselt werden." „Ich werde das rauskriegen", entgegnet der kleine Jean-François, „ich krieg das raus, in ein paar Jahren, wenn ich groß bin!" Da ist er sich sicher, der kleine Herr Champollion, ganz sicher, und von nun an hat er nur noch ein Ziel: die Entzifferung der Hieroglyphen. Er will den Code knacken und er wird ihn knacken, und alles, was er von nun an macht, gehört irgendwie zu Ägypten.

Mit dreizehn lernt er Arabisch, Syrisch und Persisch. Er ordnet sein Wissen und schreibt eine geschichtliche Abhandlung, eine ‚Chronologie von Adam bis zu …' – ja bis zu wem wohl? Natürlich, bis zu – ‚Champollion dem Jüngeren'. Champollion der Jüngere zeichnet die erste historische Landkarte Ägyptens. Das macht er ohne Geschichtsbücher, kluge Fernsehsendungen und das Internet. Gerade mal die Bibel hat er, ein paar verdrehte alte Textstellen, ungenaue Skizzen und …

Und Napoleon. Napoleon hat Ägypten erobert, hat es zumindest versucht. Lange hat er sich da nicht halten können. Aber er hat was mitgebracht vom Nil – geraubt? Mag sein. Aber jetzt war es mal da: in Stein gemeißelte Wunder und Rätsel, Figuren, ein riesiger Löwenkopf, Särge, Säulen, eine gigantische steinerne Faust – Kunstwerke aus einer längst vergangenen Zeit, von eigenartiger Strenge und kalter Schönheit. Was bedeuten sie? Wer hat sie gemacht? Und was sagt der schwarze Stein? Kanoniere haben die dunkle Steinplatte gefunden: ein Granitbrocken aus Raschid, das aber alle Rosette nennen, weil sich's leichter spricht. Drei Abschnitte sind in den glatten Stein geritzt, in drei verschiedenen Schriften. Vom obersten Textblock, den Hieroglyphen, sind 14 Zeilen erhalten. Der zweite, mittlere Absatz zeigt eine seltsame, alte Schrift. Der dritte Absatz aber ist in Griechisch, und Griechisch kann jeder, der was auf sich hält: Griechisch ist die Sprache der Professoren, Ärzte, Apotheker und Studienräte, und so ist auch die Bedeutung des Steines rasch ermittelt; es ist eine Anordnung, den rechten Umgang von Tempel und Palast betreffend: was Priester dürfen und was sie dem Pharao schuldig sind. Diese Anordnung, so konnte man das – erstmal nur – auf Griechisch lesen, sollte „auf einen harten Stein geschrieben werden und zwar mit den heiligen, den volkstümlichen und den griechischen Schriftzeichen." Die heiligen Schriftzeichen, das sind die Hieroglyphen, die volkstümlichen Buchstaben sind alte Symbole, die dem Koptischen recht nahe stehen, und das Koptische ist eine Sprache, die in ein paar entlegenen Winkeln des Orients noch gesprochen wird. Von dort gelangte es mit Napoleons Reisegepäck nach Frankreich zu Jean-François Champollion. Der lernt jetzt Koptisch.

Zwischendurch – zur Entspannung – ein wenig Chinesisch. Mittlerweile kann er zwölf Sprachen. Stellt Verbindungen her vom Chinesischen zum alten Ägypten, kappt die Verknüpfungen, sucht das Gerüst, die Ordnung, das Wesen der Sprache, schreibt ein Buch: ‚Ägypten unter den Pharaonen'. Die Herrn Professoren sind begeistert und machen ihn zu einem der ihren, Professor Champollion, Alter: 17 Jahre. Derweil wird Napoleon in Waterloo besiegt, der Stein von Rosette an die Engländer ausgeliefert, ein Abdruck bleibt in Paris. Alles wird kopiert, alle sind verrückt nach den alten Rätseln, versunkenen Pharaonen, geheimnisvollen Botschaften, jeder hat eine Idee und übersetzt freihändig. Der Unsinn treibt Blüten und die Narren an die Schreibtische. Und in all dem Deuten, Raten, Rätseln und Flunkern sitzt Jean-François in seiner kleinen kalten Wohnung, ist krank, hat kein Geld und arbeitet unentwegt: stellt sorgfältig Beziehungen her zwischen Zeichen, Zeiten, Sprachen und Symbolen. Vergleicht Endungen der einen mit Bildern der anderen Sprache. Stellt Unterschiede und Gemeinsamkeiten fest. Grübelt. Vermutet. Zählt Buchstaben. Ordnet. Stellt Behauptungen auf, verwirft sie, baut neue Gedanken, findet Zusammenhänge und Erklärungen: wie sich Bilder zu Zeichen entwickeln, wie aus einer Hornviper ein Q wird.

Mit dem Obelisk von Philä – einer Steinsäule, die ein italienischer Gewichtheber nach England geschmuggelt hat – kann Champollion schließlich das Rätsel knacken und ein vollständiges System zur Entzifferung der Hieroglyphen aufstellen. Wie auf dem Stein von Rosette sind die Hieroglyphen ins Griechische übersetzt, wie auf dem Stein von Rosette sind die Namen der Herrscher eingerahmt. Wie auf dem Stein von Rosette taucht auf dem Obelisk der Name von König Ptolemäus auf. Aber da ist noch ein zweiter Rahmen. Champollion tippt auf Cleopatra. Die hat mit Ptolemäus drei Buchstaben gemeinsam: das L, das O und das P.

Mit diesen drei Buchstaben hat Jean-François Champollion die Sphinx vom Nil, das alte Ägypten zum Reden gebracht.

Schön schnell

Wie Clärenore Stinnes ein rasantes Leben führt.

Clärenore Stinnes, geboren am 21. Januar 1901 in Mülheim a. d. Ruhr, gestorben am 7. September 1990 in Schweden, war eine rasante Fahrerin und hat als erste Frau in einem Auto die Welt umrundet.

Manchmal spielt Geld keine Rolle. Das muss man sich mal vorstellen und ganz langsam vorsagen: Geld spielt keine Rolle! Das ist ja das Schöne am Geld, dass man sich alles damit kaufen kann: Limonade, ein Pferd oder ein ganzes Schuhgeschäft. Der Nachteil ist, dass man auch immer Geld braucht. Ohne Geld gibt's nichts. Außer vielleicht Luft und Liebe. Aber selbst für gute Luft muss man ans Meer fahren, das ist nicht umsonst. Und Liebe kostet mindestens eine zweite Kinokarte, mindestens! Da ist es natürlich schön, wenn Geld keine Rolle spielt, weil man über das nötige Kleingeld verfügt. Bei Clärenores Vater war das der Fall.

Clä-re-no-re, das klingt seltsam und altmodisch, aber die Geschichte ist ja auch schon hundert Jahre alt: Clärenore Stinnes wurde am 21. Januar 1901 als drittes Kind der Eheleute Hugo und Cläre Stinnes geboren. Hugo Stinnes war Geschäftsmann, hart und erfolgreich und deshalb reich – sehr, sehr reich, Cläre Stinnes war Tochter eines argentinischen Großgrundbesitzers. Mit solchen Eltern wohnt man in einer feinen Villa, steigt in feinen Hotels ab und hat eine feine – englische – Privatlehrerin. Wenn die mal nicht da ist, kann man sich in einem feinen Hotel eine feine Limonade bestellen. Die kostet dann in etwa so viel wie drei normale Mahlzeiten für drei normale Menschen, auf alle Fälle so viel, dass selbst das Taschengeld einer so feinen kleinen Göre wie Clärenore nicht langt – peinlich! Da sitzt sie nun mit ihrer Limo, die nicht schmeckt, und der Herr Ober will mehr Geld, als Clärenore hat. Macht aber nichts, wenn man Stinnes heißt, wird die Limo einfach auf die Rechnung gesetzt. Der Herr Ober lächelt und der Herr Papa wird's schon richten – Irrtum!

So einfach ist es mit dem Geld dann auch wieder nicht. Das viele schöne Geld ist nämlich nicht einfach für Limonade da, das Geld – erfährt Clärenore von einem sehr erbosten Herrn Papa – ist dafür da um (und das ist dann doch ein wenig verwunderlich) – um mehr zu werden. Von wegen: Geld spielt keine Rolle, wenn genug da ist: Geld ist nie genug, muss immer mehr werden, muss, wie der Papa sagt, Vermögen bilden und keinen Limonadenbauch.

Clärenore schämt sich, will alles zurückzahlen, und das muss sie auch, sagt der Herr Papa. Außerdem – sagt der Herr Papa – soll sie denselben Betrag noch einmal spenden, für einen guten Zweck. Der kommt schneller als erwartet.

Hugo Stinnes hat mit Kohle und Stahl sein Geschäft gemacht, mit Eisenhütten und Bergwerken – und Bergwerke sind gefährlich. Während sich Hugo Stinnes mit seinen Lieben in vornehmen Hotels auf neue Geschäfte vorbereitet, stürzt auf der Grube ‚Luise Tiefbau' ein Schacht ein. Zwölf Bergleute werden verschüttet, von Stein-, Kohle- und Geröllmassen zerquetscht. Jetzt kann Clärenore helfen und ist auch wild dazu entschlossen: Kein leichtfertiger Umgang mehr mit dem Geld, sie sammelt für die Opfer, für die Familien, und kriegt schnell ein ordentliches Sümmchen zusammen. Sie will es Kottke geben, dem alten Kottke, sein Sohn ist verschüttet worden. Aber Kottke will kein Geld von einer Stinnes, Kottke will klare Verhältnisse: „Keinen Pfennich von Stinnes, außer er rückt alles raus – kein Mischmasch. Wir oder ihr!" Die Rückseite vom Reichtum, Clärenore staunt. Dass es Armut gibt, wusste sie. Aber dass es welche gibt, die deshalb gegen die Stinnes sind …?

Die Schule ist langweilig. Mädchen lernen nichts Gescheites außer Englisch und das kann Clärenore schon – besser als die Lehrerin. Die anderen in der Klasse finden Clärenore doof und uninteressant, weil Clärenore die anderen in der Klasse doof und uninteressant

findet. Bis auf Laura. Laura ist anders als die anderen. Clärenore und Laura freunden sich an. Lauras Vater ist Chauffeur, hat eine Autowerkstatt. Und Laura hat ein Lieblingsbuch, das heißt ‚Im Auto um die Welt'.

Clärenore sieht es bei ihrer Freundin liegen, blättert rum – und das ist es dann.

Für sie ist es der Himmel auf Erden, sie schwebt jetzt nur noch zwischen der Autorallye New York – Paris und Zündkerzen, Federbandkupplung, Bremsleitungen, Alpenpässen und Kardanwellen. Sie jagt – mit wie viel Sachen auch immer, jedenfalls sehr schnell – über die Prärie, entkommt gerade mal so dem Blizzard von Chicago, kann am Baikalsee die Rallyeführung ausbauen, sie repariert zerschlagene Ölwannen und schaufelt den Wagen aus dem Schlamm. In Wirklichkeit krabbelt sie in der Werkstatt unter die Autos und lernt alles über Kraftfahrzeuge und den Straßenverkehr im Allgemeinen, sie kennt die ‚Autotechnische Bibliothek' bald auswendig: den 'Automobilmotor', und ,Die Kunst des Fahrens', ,Anleitungen und Vorschriften für den Kraftwagenbesitzer' und ,Das Automobil-A-B-C' und überhaupt Auto, Auto, Auto, Auto, Auto ...

1914 bricht der Erste Weltkrieg aus – Not und Elend, verletzte, zerstörte Menschen, Gewalt, Armut. Stinnes macht sich Sorgen um Deutschland, derweil wächst sein Reichtum weiter. Clärenore erhält eine Fahrlizenz, den Führerschein; kein heimliches über die Waldwege Zockeln, nein, Clärenore zeigt's allen. Zeigt, dass Autofahren eine schneidige Sache und Geschwindigkeit fast keine Hexerei ist und dass das Ganze etwas für die Mutigen und Entschlossenen ist, halt was für ganze Kerle – Kerle wie Clärenore.

Rennfahrer fangen klein an. Clärenore wird Beifahrerin. Notiert den Streckenverlauf, so werden die Zeiten verbessert, wechselt Reifen. Alles cool und lässig und ein paar trockene Sprüche im Overall. Am Ende wird's Platz drei, Glückwünsche von allen, Familie Stinnes schweigt. Eine Tochter im Rennwagen ist nicht nach dem Geschmack feiner Leute, nicht nach dem Geschmack der Stinnes.

Noch gibt es in Deutschland keinen Nürburgring, nur die Avus in Berlin: Zehn Kilometer hin, um die Kurve rum und zehn Kilometer zurück, Deutschlands beste Rennstrecke mit Zuschauertribüne und Uhrenturm in der Mitte, der Papa Stinnes hat's gebaut. Da darf man schon mal Probefahren. Zum Beispiel einen Bugatti, 2,3 Liter, Achtzylinder-Reihenmotor, 140 PS, 170 Kilometer Spitze ...

Clärenore Stinnes wird eine große Rennfahrerin, klein und zierlich, aber hart im Nehmen. Sie hat viele Rennen gewonnen, sie ist eine der ganz Großen des Automobilsportes geworden, hat als erste Frau im Auto die Welt umrundet – und der Papa hat nicht geholfen. Oder doch? Schwer zu sagen.

Wenn Geld keine Rolle spielt, kann man sich aussuchen, was man machen will. Nur Erster werden, das kann man sich nicht aussuchen, das muss man schon selber machen. Die Stinnes hat's geschafft, ist Erste geworden, das ist Erfolg. Wenn man so will.

Thomas Alva Edison, geboren am 11. Februar 1847 in Milan, gestorben am 18. Oktober 1931 in West Orange, war ein amerikanischer Erfinder und hat so schöne Dinge wie Blitzlichtgeräte, Glühbirnen und Telefon marktreif gemacht.

Wie im Wilden Westen

Wie Thomas Alva Edison den richtigen Riecher für gute Geschäfte hat.

In den Cowboyfilmen ist das so: Da ziehen immer alle nach Westen, große Trecks mit Planwagen, Kuhherden, harten Männern, schönen Frauen und störrischen Omas. Ziehen durch die klapprige Stadt und ein kleiner Bub sitzt vor dem Haus und guckt mit großen Augen den bunt zusammengewürfelten Haufen an, die Träumer vom großen Reichtum, die es nach Kalifornien zieht oder in sonst eine frisch aufgemachte Goldgrube, in der man in 24 Stunden sein Glück machen kann, hat's alles gegeben.

Auch durch Milan sind sie gezogen, ein kleines Städtchen, hart an der Grenze nach Kanada und die langen Trecks nach Westen sind die ersten Erinnerungen, die Thomas festgehalten hat, die sich in sein Gedächtnis eingegraben haben, die Suche nach Glück und Reichtum, bei der man keine Mühe scheut und alles hinter sich lässt. Die Edisons haben ihr kleines Glück schon gefunden, in Milan. Aber dann hat Milan das Glück verlassen: Die neue Eisenbahnlinie wird nicht durch die Stadt geführt und mit dem Glück verlassen auch die Einwohner die Stadt, auch die Edisons. Thomas und seine Eltern ziehen nach Port Huron, das liegt an den großen Seen und – an der neuen Eisenbahnlinie.

Wo die Eisenbahn hält, da ist was los. Die Leute steigen ein und aus und wollen sehen, was los ist. Denen kann geholfen werden. Vater Samuel Edison ist schon lange Zeit im Holzgeschäft tätig – baut einen 30 Meter hohen Holzturm, und Thomas, mit dem merkwürdigen zweiten Namen Alva, kassiert: Wer von oben durch das alte Fernrohr schauen will, muss 25 Cent zahlen. So klappt es schon mit den ersten Geschäften. Die Schule klappt nicht so gut. Wegen Scharlach kommt Thomas Alva erst mit acht Jahren in die Schule und dann kommt er auch überhaupt nicht zurecht, der Lehrer hält den kleinen Bub mit dem großen Kopf für ziemlich plemplem.

Nach drei Monaten nimmt die Mutter ihn von der Schule, denn: ihr kleiner Thomas, der ist ja so was ganz Gescheites. Und weil sie Lehrerin ist, gibt sie ihrem Thomas Alva eben selber Unterricht. Das klappt. Tom lernt willig und liest viel. Und nicht nur das.

Er bastelt. Experimentell, also versuchsweise. Hat einen Schatz gefunden: die ‚Schule der Naturphilosophie', so hieß das Physikbuch, es war sein erstes wissenschaftliches Buch, und die Mutter legt noch ein altes Lexikon drauf. Seine Mutter hat ihn zu dem gemacht, der er dann einmal später werden sollte, meinte er später. Das Geld wandert zum Apotheker, da kann man alles kaufen, was Goldsucher, Glücksritter, Siedler und Cowboys so brauchen und was sich alles bestens für kleine und große und bisweilen auch riskante Experimente eignet: Salze und Säuren, Laugen, Pulver und eine Schüssel zum Umrühren. Und woher kommt das ganze Geld? Aus dem Handel. Thomas Alva baut Gemüse an. Das bietet er am Bahnhof den Reisenden an, als Proviant. Und das macht er nicht alleine, zwei Freunde helfen ihm beim Verkaufen, der Gewinn wird geteilt. Was man so ‚teilen' nennt, wenn einer das Sagen hat. Thomas weiß, was sein Vorteil ist. Weiß auch, dass das wirkliche Geld im Zug gemacht werden kann, ist ständig auf Achse und verkauft Süßigkeiten und Zeitungen unterwegs in den Zugabteilen. Hat auch selber ein kleines Abteil im Postwagen und experimentiert. Das kann natürlich nicht gut gehen: Der Zug bremst, der Phosphor fliegt auf den Boden und der Wagon brennt. Da ist es natürlich vorbei mit dem Experimentieren in öffentlichen Verkehrsmitteln, muss ja nicht sein, Zeitungen verkaufen geht auch, am besten eine Zugzeitung. Die Welt ist voller Geschäftsideen. Oder besser:

Thomas Alva ist voll davon, wittert überall Möglichkeiten, schnuppert nach Geld. Zum Beispiel wäre es gut, wenn die Leute am Bahnhof wüssten, im nächsten Zug gibt's eine Zeitung, in der was ganz Wichtiges steht. Kann man machen, lässt sich alles arrangieren! Wie? Telegrafisch! Und was ist das jetzt ‚telegrafisch'?

Mit der Eisenbahn wurde Amerika erschlossen, aber nicht nur mit der Eisenbahn. Neben den Gleisen gab es eine zweite Verbindung – die Telegrafie: kein Telefon, aber doch auch eine elektrische Verbindung, mit der man Botschaften von Bahnhof zu Bahnhof schicken konnte. Keine Worte, nur zwei verschiedene Zeichen: lang und kurz. Aber das langt für eine Sprache, das Kurz und das Lang, das gibt das Morse-Alphabet, weil jeder Buchstabe seine ganz eigene Lang-Kurz-Verschlüsselung hat. So kommen doch noch Worte und ganze Sätze über den Telegrafendraht. Die Telegrafisten verstehen diese Sprache, sie sitzen am Bahnhof und tickern die kurzen und langen Zeichen zum nächsten Bahnhof. Thomas kennt sie, sagt welche Nachrichten sie zur nächsten Station schicken sollen und dass im Zug eine Zeitung mit ausführlichen Informationen kommt. Die Zeitung druckt Thomas selber und die Rechnung geht auf: Die Zeitungen werden ihm aus den Händen gerissen. Eine feine Sache, diese Telegrafie. Da kann man Geschäfte mit machen …

Thomas Alva beginnt eine Telegrafisten-Lehre. Dann passiert die Sache mit den Ohren. Er wird praktisch taub. Hört nur noch ganz, ganz wenig, aber: Er steckt das weg. Es stört ihn gar nicht sonderlich, denn: Das Tickern der Telegrafen hört er ja noch, nur den ganzen Lärm drumherum, den nimmt er nicht mehr wahr. So kann er sich besser auf die getickerten Botschaften konzentrieren, und wenn keine kommen, kann er in Ruhe lesen. Tom liest viel. Bastelt, elektrische Schaltungen und so. Schläft zwischendurch, lässt Meldungen liegen, weil er lieber irgendwelchen telegrafischen Kram erfindet als brav seinen Dienst abzuleisten. Er fliegt raus, findet neue Arbeit und wieder dasselbe Spiel. So lernt er in Büchern und im wahren Leben alles über die Telegrafie, die Elektrotechnik und das Geschäft, das mit beiden gemacht wird. Er beschließt, Erfinder zu werden.

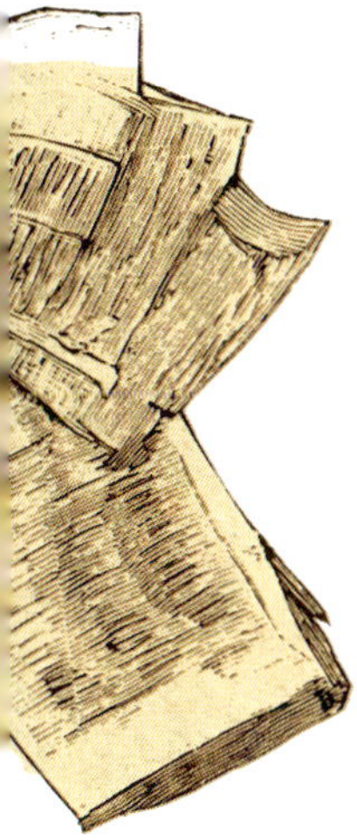

Die haben's auch nicht leicht. Wer braucht schon Erfindungen? Sicher, manche Erfindung ist äußerst nützlich und hat viel Ruhm und Reichtum gebracht, aber wie kann man wissen, was als nächstes gebraucht wird? Thomas erfindet eine Stimmenzählmaschine, so wird im Parlament automatisch gezählt, wie die Volksvertreter abstimmen. Das Problem ist nur: Keiner braucht so eine Zählmaschine, die Volksvertreter winken gleich ab. Thomas lässt sich das eine Lehre sein. Er will jetzt nur noch erfinden, was gebraucht wird. Er geht zur Börse, an der kann man bekanntlich viel Geld machen. Wie? Wenn das jemand wüsste! Die Börse ist ein Spiel, aber ein gefährliches Spiel. Wer Glück hat, verdient ein Vermögen, wer Pech hat, verliert sein letztes Hemd. Alles geht nur ums Einkaufen und Verkaufen – zur rechten Zeit. Gekauft werden Zettel, wertvolle Zettel, Aktien. Wer eine Aktie hat, bekommt Geld. Oder auch nicht. Das ist das ganze Spiel: wissen, wer zahlt und wer nicht. Und weil alle mitspielen, werden die Aktien teuer oder sie ‚fallen in den Keller'. Da muss man schnell sein und möglichst wissen, wie die Geschäfte gerade laufen und ahnen, wie sie morgen weiter

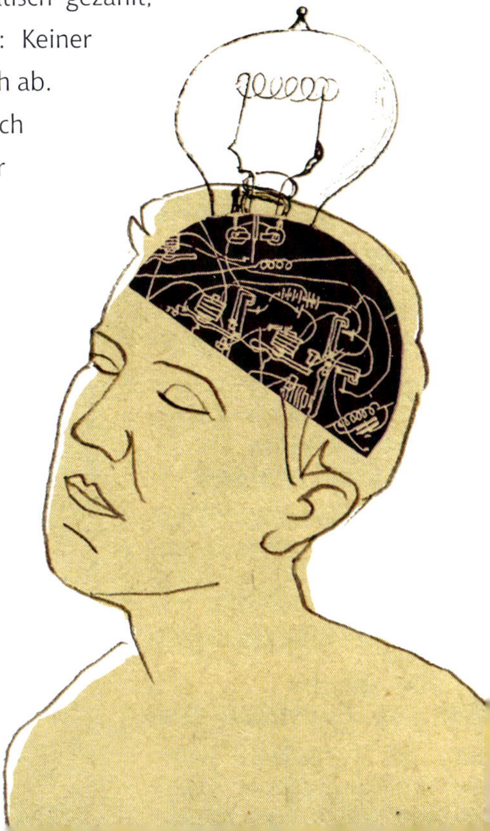

laufen. Wer schneller mehr weiß als die anderen, kann vielleicht mehr Geld machen. So einfach ist das. Und so Erfolg versprechend. Thomas Alva Edison baut einen Börsenticker: Die Nachrichten, mit denen die Telegrafenburschen durchs New Yorker Börsenviertel gelaufen sind, tickern von nun an durch die Leitungen Manhattans und schließlich über den ganzen amerikanischen Kontinent. 1871 bekommt Edison einen Auftrag über 1.200 Börsenticker im Wert von einer halben Million Dollar. Er beschäftigt 18 Mitarbeiter, es sollen bald 150 werden und der Ärger beginnt.

Wer so eine kleine Goldgrube aufgemacht hat wie Edison mit seinen elektrotechnischen Geräten – und es sollten noch weiter Apparate folgen –, bekommt auch immer und unwillkürlich Streit. Mit den Geschäftspartnern, die nicht bezahlen wollen, mit anderen Geschäftemachern, die fremde Ideen gut brauchen können, um damit selber Geschäfte zu machen, und überhaupt: Die Arbeiter wollen auch mehr Geld, da muss man natürlich hart und unnachgiebig sein, was denken die sich. So geht Fortschritt: Die einen arbeiten und die anderen werden reich, da macht Edison keine Ausnahme.

Es gibt aber auch einen anderen Fortschritt, zum Beispiel wenn's hell wird in der Nacht. Das ist Edisons Meisterwerk: die Glühbirne. Er hat sie eigentlich nicht erfunden – oder doch? Natürlich alles wieder Streit, ein anderer hat auch schon so etwas wie eine Glühbirne erfunden, aber nicht genau so – oder vielleicht doch? Dann geht man vor's Gericht, jeder mit seinem Anwalt. Der eine sagt: „Ich hab das erfunden, der andere hat meine Idee geklaut." Der andere sagt: „Stimmt nicht, ich hab das selber erfunden, meins ist ganz anders als deines." Das kostet – Anwälte, Gutachter, Gerichtskosten und natürlich Zeit. Ganz genau lässt sich das am Schluss sowieso nie klären, so viel ist aber klar: Edison hat einen ordentlichen Glühfaden gefunden, seine Glühbirnen leuchten hell und lange und er hat Schalter geliefert, Leitungen, Kabel und ein ganzes E-Werk dazu. Aber gebracht hat Edison die Glühbirne keinen Pfennig – sagt er. Macht aber nichts, hat anderes erfunden: das Gewinde, mit dem man die Glühbirnen einschraubt und den Phonographen, das ist ein Diktiergerät, mit dem Stimmen aufgenommen und wieder abspielt werden. Er hat die Filmkamera entwickelt und eigentlich auch schon den Tonfilm, Betonfertighäuser, Telefonhörer und Dampfmaschinendynamos. Er hat tausend andere Sachen von tausend anderen Leuten verändert, verbessert und schließlich die anderen vom Markt gedrängt. Er war der Stärkere, er hat gewonnen und die anderen sind auf der Strecke geblieben. Halt wie im Wilden Westen.

Jules Verne, geboren am 8. Februar 1828 in Nantes, gestorben am 24. März 1905 in Amiens, Frankreich, war begeistert von Forschung, Technik und Seefahrt und hat darüber hinaus unzählige Reise- und Abenteuerromane geschrieben.

Zwei Jahre Ferien

Wie Jules Verne als Fantast die Fantasie auf Reisen schickt.

Das wär's, zwei Jahre Ferien. Jules Verne hat darüber ein Buch geschrieben. Aber da war natürlich nichts mit Abhängen und so, Faulenzen und alle Viere von sich strecken, nein, da geht's zur Sache. Ohne Stürme, Brandung, Untergang, Piraten, Massaker, Lebensgefahr, verzweifelten Kampf ..., also ohne all das Getöse macht er's nie. Er ist eine Wortmaschine, ein Erzählapparat, ein wundersamer und wunderbarer Geschichtenschnitzer, der Monsieur Verne. Er malt alles aus, zählt auf, was alles ist und auch was *nicht* ist. Der liebenswürdige aber doch auch seltsame Mr. Phileas Fogg zum Beispiel „war kein Handelsmann und auch kein Landwirt, kein Industrieller. Er war ferner nicht Mitglied des Königlichen Institutes von Großbritannien, des Institutes von London, der Kunstgesellschaft ... der Literarischen Gesellschaft des Westens, ... auch nicht des Institutes der Künste und Wissenschaften ... sagen wir es ganz deutlich: Er gehörte überhaupt keiner der unzähligen Gesellschaften der englischen Hauptstadt an ...". Nein, aber was *wir* mittlerweile wissen: Er reiste in 80 Tagen um die Welt.

Das war unglaublich – in 80 Tagen um die Welt, das war was für Fantasten, Träumer, Leute, die sich nicht um das Hier und Jetzt kümmern, sondern Schwärmereien und Humbug für bare Münze nehmen. Das kann man Jules Verne nicht vorwerfen – er hat sich ganz ordentlich um seine Zeit gekümmert, hatte sogar ein Archiv angelegt und alles gesammelt, was wichtig war, wollte man über die Welt von 1873 schreiben, so wie sie damals war und wie sie – vielleicht – später mal werden und auch zum Teil geworden ist. Da hat unser Schreiber durchaus einige Treffer gelandet, nicht nur mit der 80-Tage-Reise.

Heute saust ein Astronaut in 90 Minuten einmal um die Erde, aber das ist ja auch keine Reise. Wenn überhaupt, dann ist es eine Dienstreise. Reisen ist etwas anderes und das war es noch viel mehr zu Jules Vernes Zeiten, da gab es kaum Dampfer. Da fuhren noch die alten Segelschiffe…

Jules Verne ist am 8. Februar 1828 in Nantes geboren, einer großen Hafenstadt an der französischen Atlantikküste, aber das kann man gar nicht so genau sagen: Nantes liegt am Ende einer langen, schmalen Bucht, erst 60 Kilometer hinter – oder vor – der Stadt beginnt das offene Meer. Pierre Verne, Jules' Vater, war Rechtsanwalt. Seine Kanzlei lag direkt am Hafen, am Quai Bart. Aus den Fenstern der darüber liegenden Wohnung konnte Jules die schweren Segelschiffe sehen, die in Zweier- und Dreierreihen vor Anker lagen. Die Ufer waren vollgestellt mit Zucker und Reis, Kakao, Kaffee und Gewürzen. Täglich begegnete er den Seeleuten, wilden Gesellen, braun gebrannt, mit vom Wind gegerbten Gesichtern, die so ein kleines blasses Anwaltskind gerade mal ahnen ließen, was es heißt, auf knarrenden Dreimastern die Nase in den Wind zu recken. Wo kommen sie her, wo fahren sie hin? Amerika? Zum Indischen Ozean, in die endlose Wasserwüsten des Pazifik, nach Australien oder Neufundland, nach Mexiko?

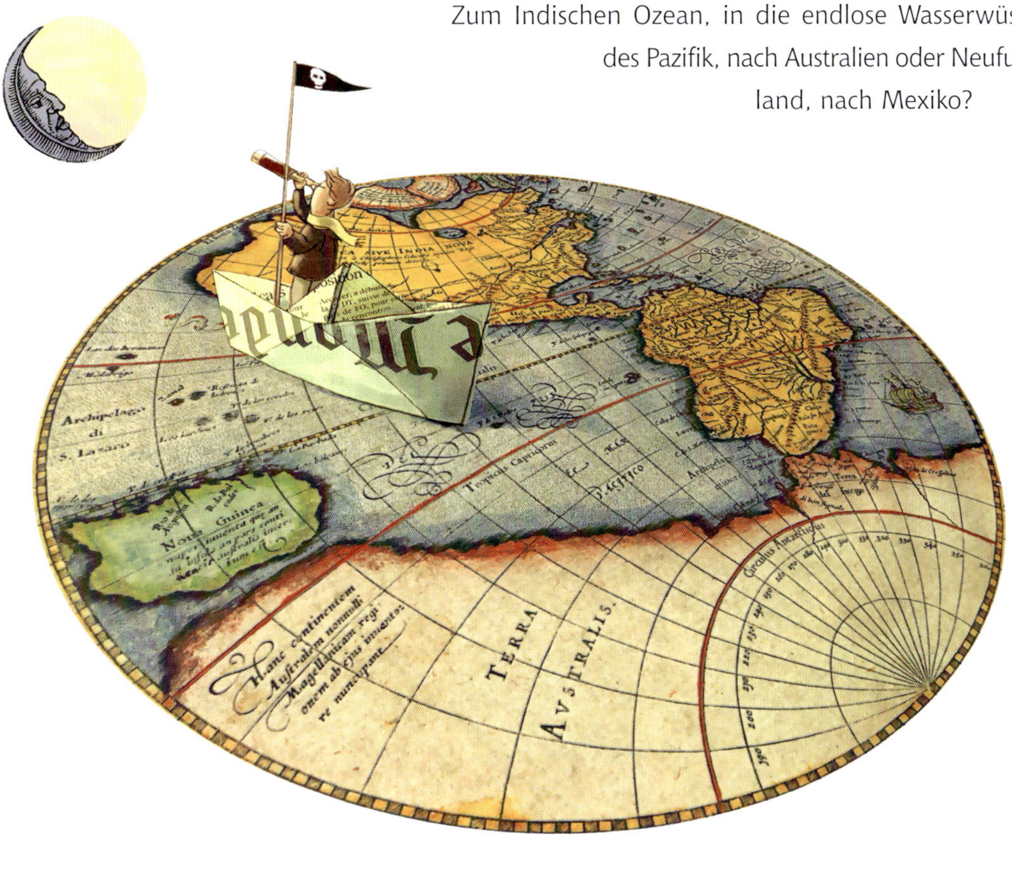

1834 kommen Jules und sein Bruder Paul in die Schule – falls man das so nennen kann. Kirche und Schulrat kümmern sich statt um eine ordentliche Unterweisung in Rechnen, Lesen und Physik gerade mal um rechte Unterwürfigkeit, sodass der Vater Verne seine Buben lieber zu Madame Sambin schickt, einer gutmütigen, aber durchaus gelehrsamen Frau, die den Kindern des feineren Nachwuchses den Weg ins Gymnasium weist. Ihr Mann war Kapitän auf einem Handelsschiff und er verließ Madame Sambin noch in den Flitterwochen. Seitdem hat sie ihn nicht mehr gesehen. Das lag schon 30 Jahre zurück und so konnte Madam diese an und für sich traurige Geschichte den staunenden Jungs dann doch recht entspannt erzählen. Und die konnten sich jetzt ausmalen, ob und in welchem entlegenen Winkel der Erde Sambins Schiff wohl jetzt durch die Wellen kreuzt. Eine schöne Geschichte, weil sie die Fantasie auf Reisen schickt.

1838 kauft Pierre Verne vor den Toren von Nantes ein Landhaus. Die Kinder haben alle Freiheit und ein Ruderboot. Mit dem wird die Loire zum Ozean und auf der Insel im Fluss strandet kein geringerer als Robinson Crusoe. Ganze Nachmittage fährt man monatelang auf hoher See, schläft auf harten engen Betten in Kabinen mit knirschenden Wänden und wartet auf die Anweisungen des Kapitäns. Jules Vernes kennt alle Fachausdrücke der Marine, kennt jedes Manöver. Die Wipfel der Bäume ersetzen den Mastkorb und das Wiegen der Zweige im Wind macht aus einer Ulme einen Dreimaster, der durch die aufgewühlte See schlingert. Die Sehnsucht nach der großen weiten Welt ist unstillbar und jeder Kahn im Fluss beweist aufs Neue, dass die Welt voller Abenteuer ist – wenn man sich nur traut.

Dann traut er sich. Jules bindet ein Ruderboot los. Vor ihm liegt die ‚Octavie', ein Dreimaster auf der Fahrt nach Indien, also ein nicht enden wollendes Abenteuer: Stürme, Hitze, Entbehrungen, schwere Prüfungen und schließlich eine Rückkehr, von der noch Jahre später berichtet werden wird. Hinter ihm liegt ein kleines Landhaus, in dem er vorsichtshalber nicht Bescheid gegeben hat – Jules Verne ist gerade mal elf. Irgendwie kriegt Papa Verne Wind von dieser gewagten Unternehmung und so endet der Ausflug in die große Welt 30 Kilometer hinter Nantes im kleinen Paimboeuf, noch ehe die ‚Octavie' samt blindem Passagier das offene Meer erreicht hat. Auch eine schöne Geschichte, weil nicht nur die Fantasie, sondern gleich noch ein elfjähriger Fantast auf Reise geht.

Long Strip
WSW
Long Strip

Jules macht die Schule fertig. Er wird Jura studieren und in die Kanzlei des Vaters einsteigen. So sieht das der Vater; Jules widerspricht nicht. Jules liebt seine Cousine, aber die liebt ihn nicht – schade. Aber ein schöner Grund, sehr traurige Gedichte zu schreiben. Die Cousine heiratet – einen anderen, Jules bleibt das Schreiben. Das macht dem Vater Sorgen. Jules beschwichtigt. Schreibt weiter. Den Gedichten folgen Dramen; wüste Stücke mit alten Adeligen, Liebhabern im Kleiderschrank, dem Papst, vergiftetem Wein und einem Anschlag auf das englische Parlament. Solche Geschichten sind zwar nicht sonderlich gefragt, aber für Jules steht fest: „Die Literatur über alles, denn hier allein kann ich es zu etwas bringen, weil mein Geist unabänderlich auf diesen Punkt fixiert ist!" Der Vater nimmt's mit Fassung und die Mutter schickt ein wenig Geld – Jules Verne wohnt mittlerweile in Paris; in Nantes versteht man nichts vom Theater, das sind für ihn Trottel.

Paris ist die Hauptstadt des 19. Jahrhunderts. Alles passiert in Paris, alles wird dort erfunden und alle wichtigen Leute sind dort. Jules Verne wird Sekretär im Théâtre Lyrique. So lernt er alle wichtigen Leute kennen, denkt er, stimmt aber nicht. Aber er lernt die Elektrizität kennen und die Dampfschiffe, die Eisenbahn, Streichhölzer, die Straßenbahn, Telefone und Toaster. Auf den Weltausstellungen werden alle Möglichkeiten und Unmöglichkeiten gezeigt. Und Jules Verne schreibt und schreibt und schreibt. Komödien, Operntexte, Operetten, aber keinen Erfolg. Dann packt er eines Tages alles zusammen, was er sich nur vorstellen kann, was er träumt, wovon er als Kind geträumt hat: die Welt erobern, fremde Länder, was alles geht, was alles ginge, was möglich wäre wenn … Er schiebt die Grenzen zur Unmöglichkeit ein Stück weit nach außen und schreibt ‚Fünf Wochen im Ballon'. Er weiß, das wird ein Erfolg, und es wird ein Erfolg. Es wird ein unglaublicher Erfolg. Er hat's geschafft!

‚Außergewöhnliche Reisen' nennt Jules Verne fortan seine Romane, ‚Reisen in bekannte und unbekannte Welten'. Alle geografischen, geologischen, physikalischen und astronomischen Kenntnisse, die die moderne Wissenschaft angesammelt hat, fasst er zusammen, und so schreibt er in seiner malerischen Art die Geschichte des Universums neu: Eine Reise zum Mittelpunkt der Erde, 20.000 Meilen unter den Meeren, die Reise um den Mond, Schwarz-Indien, die schwimmende Stadt, der Archipel in Flammen, der grüne Strahl und die Reise durch das Sonnensystem. Er erfindet die Zukunft neu.

Das ist – wie man das Wort auch wendet – fantastisch.

Der Autor

Christof Gießler arbeitet in München im Deutschen Museum. Dort hat er den Kinderbereich – das ‚Kinderreich' – aufgebaut. Er malt und zeichnet und kümmert sich um das Internet. Über das Museum hat er ein Buch geschrieben, es heißt ‚Spurensuche in der Welt der Technik', und auch über das Kinderreich hat er eines geschrieben. Nein, eigentlich nicht über das Kinderreich, sondern über das, was man aus dem Kinderreich mitnehmen kann: viele Ideen für zuhause. Das Buch heißt: ‚Ich bin ein Wissenschaftler'.

Und weil wir alle Wissenschaftler sind – die Kinder und die Großen, die sich ihre Neugierde bewahrt haben – hat er weiter gestöbert, gesucht und gefunden: Kinder, die sich ganz fest in eine Sache verbissen haben, die nicht locker gelassen haben, die ... Der Rest steht im Buch.

Der Illustrator

Hubert Warter muss sich schon bald nach seiner Geburt anno 1958, als es in Deutschland noch nicht einmal Farbfernseher gab, auf allen Vieren seine Welt ganz genau angeguckt haben. Im Kindergarten gab's dann eine riesengroße Tafel. Und eines Tages nahm er die bunten Kreidestücke in die Hand und wenig später war auf der Tafel ein Mann, der auf einem Akkordeon spielt und über dem ein Hubschrauber fliegt (oder war es doch ein Flugzeug? – das weiß er heute selbst nicht mehr so ganz genau). Da haben die Großen jedenfalls ordentlich gestaunt und waren völlig hin und weg und der kleine Hubert war furchtbar stolz. Und wer weiß, vielleicht war dieser Tag einer der wichtigsten in seinem Leben. Heute ist er nämlich Illustrator und zeichnet für Zeitschriften, Magazine, Agenturen und natürlich für Buch-Verlage im In- und Ausland.

Impressum

moses. Verlag GmbH
Arnoldstraße 13d
47906 Kempen
Fon 0 21 52 – 20 98 50
Fax 0 21 52 20 98 60
Mail info@moses-verlag.de
www.moses-verlag.de

ISBN 978-3-89777-766-8

Text: Christof Gießler
Illustration: Hubert Warter
Layout, Typografie und Satz:
pfiffikus.design, Greven
Umschlaggestaltung:
Hubert Warter und pfiffikus.design, Greven
Lektorat:
Ilona Einwohlt, Büro für KJL, Weiterstadt
Produktmanagement:
Lara Räthel

Printed in Belgium

MIX
Papier aus verantwortungsvollen Quellen
FSC® C101807
FSC www.fsc.org

Quellennachweis

S.12 („Amerika muss ganz groß werden ... und für Amerika hol ich die Goldmedaille") – zitiert nach David Remnick: King of the World. Der Aufstieg des Cassius Clay oder Die Geburt des Muhammad Ali. Berlin: Berlin Verlag, 2000, S.177.

S.20 („Das sind die Nägel, mit denen die Juden Christus ans Kreuz geschlagen haben") – zitiert nach Armin Hermann: Einstein – Der Weltweise und sein Jahrhundert. Eine Biographie. München / Zürich: Piper, 1995, S.75.

S.22 („Wenn bei der religiösen Erziehung mit Vorbedacht gelogen wird ...") – zitiert nach Armin Hermann: Einstein – Der Weltweise und sein Jahrhundert. Eine Biographie. München / Zürich: Piper, 1995, S.81.

S.24 („Um das alles zu verstehen braucht man nicht mal Begabung. Nur Neugierde, leidenschaftliche Neugierde.") – zitiert nach Carl Seelig: Albert Einstein. Leben und Werk eines Genies unserer Zeit. Zürich: Europa Verlag, 1960, S.14.

S.28 („mit mancherlei Schwachheit immerzu zeitlich überfallen wird in welchem Zustand er treue Hilfe und Wartung braucht") – zitiert nach Helmut Kaiser: Maria Sibylla Merian. Eine Biographie. Düsseldorf / Zürich: Artemis & Winkler, 1997, S.18.

S.28 („Bin ich schon nicht mehr da, wird man noch sagen: Das ist Merians Tochter") zitiert nach Charlotte Kerner: Seidenraupe, Dschungelblüte. Die Lebensgeschichte der Maria Sibylla Merian. Weinheim: Beltz & Gelberg, 1988 / 2002, S.12.

S.46 („die Kinder des Vaterlandes, ist der Tag des Ruhmes gekommen!") – Der Text ist der französischen Nationalhymne entnommen, die auch das Lied der Aufständischen war: „Allons enfants de la Patrie, Le jour de gloire est arrivé!" = „Auf, Kinder des Vaterlands, der Tag des Ruhms ist da!"

S.61 („Das wirst du in drei Monaten bereuen!" „Mir doch egal. Schlagzeug ist mein Leben") – zitiert nach: The Beatles. Anthology. München: Ullstein Verlag, 2000, S.38.

S.72 („die Glieder haben sich nicht im Mindesten gebessert") – zitiert nach Sabine Völker-Kraemer: Wie ich zur Teddymutter wurde. Das Leben der Margarete Steiff nach ihren eigenen Aufzeichnungen. Stuttgart: Quell Verlag, 1996, S.41.

S.78 („Liebe Eltern, ich komm zu Fuß nach Haus. ... Dein dich liebender Vater") – zitiert nach Helmut Engisch und Michael Zerhusen: Die Fischers. Eine schwäbische Dübel-Dynastie. Stuttgart: Konrad Theiss Verlag, 1998, S.38.

S.85 („.... war in der Silvesternacht bei dem Unfug besonders tätig ... die Hüte vom Kopf gestoßen") – zitiert nach: Liebigs Experimentalvorlesung, herausgegeben von Otto Paul Krätz und Claus Priesner, Weinheim: Verlag Chemie, 1983, S.6.

S.89 („Ich werde das rauskriegen ... wenn ich groß bin") – zitiert nach C.W.Ceram: Götter, Gräber und Gelehrte. Roman der Archäologie. Hamburg: Rowohlt Verlag, 1949 / 1991, S.95.

S.90 („auf einen harten Stein geschrieben werden und zwar mit den heiligen, den volkstümlichen und den griechischen Schriftzeichen") – zitiert nach: Ueber die bey Rosette in Aegypten gefundene dreyfache Inschrift. Erste Abhandlung. Zur Feyer der 59. Wiederkehr des Stiftungstages der k. baier. Akad. der Wissenschaften in einer öffentlichen Versammlung derselben am 28. März 1818 vorgelesen von Friedrich von Schlichtengroll. München, gedruckt bey Ign. Jos. Lentner, S.23.

S.94 („Keinen Pfennich von Stinnes, außer er rückt alles raus – kein Mischmasch. Wir oder ihr!") – zitiert nach Michael Winter: PferdeStärken. Die Lebensliebe der Clärenore Stinnes. Hamburg: Hoffmann und Campe Verlag, 2001, S.73.

S.104 („war kein Handelsmann und auch kein Landwirt ... gehörte überhaupt keiner der unzähligen Gesellschaften der englischen Hauptstadt an") – Jules Verne: Reise um die Erde in achtzig Tagen. Zürich: Diogenes, 1974, S.9.

S.108 („Die Literatur über alles, denn hier allein kann ich es zu etwas bringen, weil mein Geist unabänderlich auf diesen Punkt fixiert ist!") – zitiert nach Volker Dehs: Jules Verne. Hamburg: Rowohlt, 1986, S.28.

Bildnachweis

Bilder S.20 (Albert Einstein), S.24 (Albert Einstein), S.38 (David Livingstone), S.46 (Mary Wollstonecraft Shelley), S.53 (Wilbur Wright), S.53 (Orville Wright), S.58 (Ringo Star), S.63 (The Beatles), S.64 (Steven Spielberg), S.82 (Justus von Liebig), S.88 (Jean-François Champollion), S.98 (Thomas Alva Edison), S.104 (Jules Verne), S.108 (Jules Verne, Buchcover): akg-images Berlin

Bilder S.11 (Muhammad Ali und Charles „Sonny" Liston), S.26 (Maria Sibylla Merian), S.32 (William „Bill" Henry Gates), S.70 (Margarete Steiff), S.72 (Margarete Steiff), S.92 (Clärenore Stinnes): picture-alliance / dpa

Bilder S.8 (Muhammad Ali), S.14 (Gérard Depardieu), S.36 (William „Bill" Henry Gates): gettyimages

Bild S.76 (Artur Fischer): privat

Bild S.94 (Clärenore Stinnes): La Camera Stylo

ERFAHRE ALLES ÜBER DIE ABENTEUER-GESCHICHTEN DER BERÜHMTESTEN ENTDECKER ALLER ZEITEN:

>> Mit Mutproben
>> Survival-Tipps
>> Weltrekorden

Scott und Amundsen
liefern sich ein hartes Wettrennen, um als erster Mensch den Südpol zu erreichen.

Christoph Kolumbus
segelt ins Unbekannte durch gefährliche Gewässer und entdeckt Amerika.

Mary Kingsley
reist allein in das unerforschte Westafrika und trifft furchterregende Ureinwohner.

Neil Armstrong
riskiert alles für die erste Mondlandung.

Amelia Earhart
wagt als erste Frau den Alleinflug über den Atlantik.

Jacques-Yves Cousteau
taucht hinab in die Tiefen des Meeres und entdeckt eine unbekannte Unterwasserwelt.

... und viele weitere spannende Expeditionen!

geb. LVP: € 14,95 (D), € 15,40 (A)
96 Seiten
ab 8 Jahren
ISBN: 978-3-89777-773-6